Ⓢ新潮新書

江上 剛
EGAMI Go

55歳からのフルマラソン

468

新潮社

目次……55歳からのフルマラソン

42・195キロ？　そんなの無理ですよ

二〇一〇年五月の連休の時だった。近所の友人の吉沼さんから、恒例のバーベキューをやるので夫婦でいらして下さい、というお誘いがあった。

吉沼さんとは家族ぐるみでお付き合いをしている。彼の奥さんは、つい先ごろ、乳がんのために亡くなった。奥さんが元気な頃から、吉沼家の決して広くない庭で、私たち夫婦や吉沼家夫婦、その息子、娘たち、そして友人たちとバーベキューをするのが恒例になっていた。

私は、その頃、ある憂鬱を抱えていた。

日本振興銀行という中小零細企業融資専門銀行の社外役員を長く務めていて、問題に巻き込まれていた。

この銀行は、日銀出身で金融コンサルタントである木村剛氏が、中小零細企業のための銀行を作る、と言って二〇〇三年に有志と立ちあげたものだった。

木村氏と言えば、金融庁の顧問を務め、私が銀行員だった頃は、仰ぎ見るようなスターだった。いわゆる「三十社問題」として有名な不良債権処理におけるハードランディングを主張し、小泉純一郎首相や竹中平蔵金融担当大臣（いずれも当時）の懐刀として、縦横無尽に活躍していた。

第一勧銀（現みずほ銀行）の大会議室で、彼の金融検査マニュアルについての講演を聞いたことがある。勿論、末席の末席で。

彼と接点が出来るのは、私が銀行を退職してからのことだ。

一九九七年に起きた総会屋事件の混乱が収束したと思ったら、第一勧銀は、富士銀行、日本興業銀行の両行と合併することを決めた。

私は反対だった。

第一勧銀は、十一人もの役員や幹部が逮捕され、宮崎邦次《くにじ》相談役が自殺するという悲劇的な事件を受けて、銀行を根本的に変革している途上だった。まだまだやるべきことが多かった。

私は、「まず銀行内を固めてから合併するべきだ」と強い調子で頭取らに意見を言った。思いっきり煙たい顔をされたのを思い出すが、経営側は合併に突き進んだ。

私は、合併の作業の一部を担当した。合併をするのなら、行員や取引先のために素晴らしい銀行を作らねばならない、と思っていた。亡くなられた宮崎さんからも、逮捕された役員たちからも「いい銀行にして欲しい」と言われていたからだ。

ところが不毛だった。

どの銀行が主導権を握るか、そればかりを争っていた。私は、情けなくてしかたがなかった。こんな銀行を作るため、多くの犠牲を払ったのかと思ったら、許せなかった。

そんな態度が災いしたのか、私は支店長として本部から出され、合併協議からは外された。システム統合などの問題で富士銀行のコンピュータシステムの方が優れていたため、そちらに合わせるべきだなどと言っていたから「アイツがいたら合併の邪魔になる」と思われたのだろう。事実、そう言う声が聞こえてきた。

私は高田馬場支店長になった。その時、ある役員は「君は本部で活躍したが、今度は支店長だ。せいぜい活躍ぶりを見させてもらうよ」と皮肉っぽく言った。彼のスキャンダルをもみ消したこともあるのだが、彼は、私が失敗する姿を見たかったのだろう。

私は「ご指導、よろしくお願いします」とだけ答えた。

妻から、「このままだと濡れ落ち葉になるわよ」と言われ、カルチャースクールの小説教室に通い始めた。きっかけが出来、二〇〇二年に『非情銀行』で覆面作家としてデビューした。

築地支店長になった時、人事部員から「本部に呼び戻したかったのですが、頭取らに反対されました」と言われた。私は、命懸けで銀行改革のために戦ったのに、ずいぶん嫌われたものだなと思ったが、富士銀行だ、興銀だと派閥的な争いをしている本部より、支店で取引先を相手にしている方がいいと思い「お気づかいは無用だよ」と答えた。

築地支店は、中小企業融資の塊のような、みずほ銀行最大の支店で、融資は二千五百億円以上もあったと思う。しかし、どの会社も資金繰りに苦しく、喘《あえ》いでいた。

二〇〇二年四月、みずほ銀行は、予想していた通りシステム統合で失敗し、銀行のオンラインシステムをダウンさせ、大きな社会問題を引き起こした。予想していた、と言うのは本当だ。あれだけ富士銀行だ、興銀だと不毛の争いをしていたら、システム統合などできるはずがない。私は、築地支店の部下に、システム統合が失敗するという前提で準備をさせていた。

これだけの失敗をし、多くの取引先に迷惑をかけているのに、今度は一兆円増資をする、と言って来た。取引先に経営の失敗のつけを回すやり方に、私は我慢できなかった。本部からは築地支店の増資額のノルマが来たが、私は無視して、増資資金を集めなかった。当然、本部から睨まれた。

ある会議で「増資のノルマを果たさない支店長は、無能だ、背任だ」などと声を張り上げる役員を見て、「もう、終わったな」と私は退職を決めた。二〇〇二年十二月のことだ。早期退職に応募したのだが、多くの人を驚かせてしまった。

そして二〇〇三年三月末に正式に退職し、作家になった。

作家になってしばらく経った頃、友人の新聞記者から「木村剛が主宰している勉強会に出ないか」と誘われた。それが木村氏と接点を持った最初だった。

彼が執筆した『金融維新』という本を誉《ほ》めたことがあった。するとある先輩作家から「お前は小泉、竹中の手先か」とののしられた。小泉氏にも竹中氏にも会ったことがない。手先になりようがないのだが、『金融維新』を誉めたことが気に食わなかったのだろう。

私は「私は銀行で中小企業の応援が十分に出来ませんでした。若い人がそれをやろうとしています。応援すべきではありませんか」と反論した。すると、「あんなビジネスが成功するはずがない」と言われた。私は仕方なく「成功、失敗はわかりません。しかし、チャレンジする意義はあります」と言ってしまった。残念なことに、その作家とは関係が切れてしまった。

そうこうしているうちに木村氏が、私に会いたいと言って来た。彼に会った時、「銀行を作ったが上手くいかない。手伝ってほしい」と言われた。私は、先輩作家に言った手前、また木村氏のような金融界のスターから頼まれたことでもあり、日本振興銀行の社外取締役として手伝うことになった。

振興銀は、トラブルは多かったが、成長して行った。ところが二〇〇九年以降、金融庁の検査で多くの問題を指摘され、行政処分を受けたり、SFCG（旧商工ファンド）による債権の二重譲渡問題が起きたりと、経営が急激に悪化して行った。

私は憂鬱だった。

やはりご近所の磯田雅也さんからマラソンに誘われたのは、そんな時だった。

「フルマラソンを4時間台で走らせます」

バーベキューに参加していた磯田さんは、美味《うま》そうにビールを飲みながら言う。

「無理ですよ、そんなの。42・195キロでしょう？　走れるわけないですよ」

私も飲みながら言った。

「必ず走れます」

「いや、無理です」

「走れます」

「無理です。私、五十七歳ですよ」

「私は六十五歳です」

何度かそんなやり取りをしているうちに、二人とも相当飲んでしまった。

磯田さんは、早稲田大学の大先輩で、競走部時代はハードルの日本代表クラスの選手だった。一九六三年の山口国体で、110メートルハードル高校男子の部で優勝した経験を持っている。すらりとした体で、身長180センチはあるだろう。

磯田さんとはその時が初対面だった。彼のお嬢さんの磯田順子さんと私たち夫婦は親しかった。彼女が吉沼さんの息子さんと親しく、その関係で私たちとも知り合った。彼女は元水泳選手で、シドニーオリンピックに平泳ぎの選手として出場している。彼女のお姉さんも日本トップクラスの水泳選手だった。

私は中学校時代に野球をやっていたぐらいのもので、その後、還暦が近づくこの歳まで、スポーツと呼べるようなことは何もしていない。

「オリンピック選手を育てたんですよ。江上さんにフルマラソンを完走させるくらい、何でもない」

磯田さんは完全に酒に酔っている。

「あなた、もういい加減になさい」

磯田さんの奥さん、和子さんが困惑した顔で言う。

「また誘ってんだから」

順子さんも苦笑している。どうも磯田さんは、誰かれとなくマラソンに誘いこむ人らしい。要するにダメモトでしつこく声をかけるのだ。

「七十歳を超えたおばあさんにフルマラソンを完走させましたよ。彼女は今や、ホノルルマラソンの常連です」

いかに自分の指導が優れているか、滔々《とうとう》と話す。

私は酔いが回り、気が大きくなっていた。

ふと、何か流れを変えたいと思った。そうすれば少し憂鬱も晴れるかもしれない。それでも「私みたいに太っているのは、だめでしょう」と言った。

磯田さんに会った時は、82キロくらいあっただろう。それも、断食道場に行くなどした結果だった。それ以前は86キロもあり、体重コントロールに苦労していた。体重に加えて典型的なメタボで、総コレステロール、悪玉コレステロールの数値データは危険水域、尿酸値も痛風寸前だった。

「大丈夫です。走ると太らない体質に変わりますから」

磯田さんは、自信たっぷりだ。

体質が変わる？　無理な食事制限をしなくていいのか。騙《だま》されたと思って、やってみるか……。

「分かりました。走ります」

私は言った。

「やりましょう。毎週、月、水、土の朝5時からです。私の自宅マンションの前に来て下さい」

磯田さんは言った。

酒に酔った頭はもはや朦朧《もうろう》となり、私はバーベキューの煙が立ち上る庭から吉沼さん宅のリビングに逃げ込み、眠ってしまった。

そう深刻ぶるな、お前だけが悩んでいるんじゃない

いざ、走ろうと思ってもランニングシューズもない。シューズは大事だと思い、バーベキューから数日後、磯田さんに近所の運動具店に同行してもらった。

磯田さんは、店員とやりとりして、私に合った靴を選んでくれた。初めて訪れたランニング用品、シューズ売り場の充実ぶりに、あらためてランニングブームを実感した。シューズは、フルマラソンを3時間台で走る人向けなど、およその記録に応じて種類がある。私は当然、初心者用を買った。

「あとは時計です」と磯田さんが言う。

時計がそれほど大事なのか。

「マラソンは自己との対話です。時計でラップを測りながら走るんですよ。でもここには私が使っているものがないので、新宿で買いましょう」

時計は後日、新宿で磯田さんと待ち合わせて購入することにした。ウエアは、スポーツクラブで使っている（サウナとトレッドミルマシンを利用するだけの怠け者会員）ものがあるので、それで代用することにした。多くの種類のランニングウエアがあったが、最初から多額の投資をするわけにはいかない。

磯田さんのランニングサークルは「ＩＪＣ」という。磯田ジョギングサークル？　いえ、Ｉは私であり、愛。Ｊはジョイで喜びだそうだ。

私は、磯田さんに言われて、ブログで出席簿をつけることになった。以下、初めて走った日のブログから抜粋する。

二〇一〇年五月十二日（水）

今日は、5時からマラソンをした。

磯田さんが主宰するＩＪＣに入会。月、水、土の朝5時から走ることになった。

小雨降る中、磯田さんの住まいの前に集まったのは、僕と磯田さんとあっちゃんという薬剤師免許を持つ主婦、カオルコさんという「ＡＥＲＡ」の記者兼ＮＨＫのディレクター。なんとあっちゃんは3時間台、カオルコさんは4時間台で東京マラソンを完走したという。すごい。おそるおそるスタート。井の頭公園をぐるりとまわる10キロコース。

途中から、トヨダさんという地質・不動産コンサルタントが参加。おしゃべりをしながらだから楽しいが、途中に磯田さんがちょっとした体操を加えるのが、結構つらい。1時間半でスタート地点に戻ってきた。なんとか走り切れたが、気持ちは爽快。井の頭公園には、白い円錐形の花を咲かせたトチノキ科のアエスクルスパルビイフローラ（?）や平らな白い花のクマノミズキ、藤の花などが咲き、緑も鮮やかだった。続くかな?

朝5時に走るためには4時半には起床し、ランニングウエアに着がえる。磯田さんの住むマンションまで徒歩10分かかるから、4時50分には自宅を出る。

私は、それまで午前3時半から4時に起床し、原稿を書いていたから、早起きは何でもないが、走っている間は、仕事が出来ないことになる。それはどうかと思ったが、走って、汗をかき、風呂に入ると、頭がすっきりして、仕事がはかどることが分かった。続くかな?と心配しているが、初めて10キロを走った割には疲労感もなく、爽やかさが残った。

二〇一〇年五月十五日（土）

今朝も5時にマラソン練習スタート。いい天気で参加者が多かった。磯田さんをリーダーにトシヤさん、マドンナ・ケイコさん夫妻。トシヤさんはNECの方で、僕が第一勧銀（現みずほ銀行）の芝支店時代に勤務していた田町の春日ビルに会社があるという。妙な縁だ。カオルコさん、あっちゃん、ササキさん、ミヨシさん、メグロさん、クミさん、僕の十人。

今日は神田川から善福寺川の15キロ。10キロが平気だったから15キロも平気だろうと思ったが、これがなかなか厳しい。皆さんは、平気にらくらくだが、僕は結構足に来ていた。平気なふりをしていたが、5キロ伸びただけでこんなに大変だと思わなかった。

トシヤさんは、3時間20分ほどでフルマラソンを走る。早い。スピードを上げるところでは、アッと言う間に遠くに行ってしまった。

ジャスミン、ウツギ、バラなどが咲き、杉並には木々が多いとあらためて思う。他人が丹精込めた木々や花を眺めながら走る贅沢さは格別だ。

15キロは結構、疲れた。杉並区に二十六年ほど住んでいるが、走ることによって景色の美しさ、木々の豊富さにあらためて驚いている自分がいる。

二〇一〇年五月十七日（月）

今日は素晴らしくいい天気。昨日、小田急のスポーツ用品売り場でランニング用のタイツ、アンダーウエア、帽子を買った。まずは形からだ。形に投資すれば、途中で挫折することを防げる可能性が高くなる（かもしれない）。

それにしても今まで関心がなかったから気づかなかったが、ランニング用品売り場の充実ぶりに驚いた。結構な種類、それなりの価格、品数の充実、買い物客の楽しそうで真剣な表情、販売員の熱心さ。内需拡大とはこういうことだと思った。

みんなが楽しい目標を持てるようになれば、それに応じた商品が付加価値付きで販売されていく。みんなが楽しい思いや目標を持たなくなれば、いくら掛け声をかけても、子ども手当を配っても内需は拡大しない。

まあ、そういう屁理屈は別にして、新調した格好をみせたくて（?）朝5時に磯田さん宅に行く。今日は、マドンナさん、カオルコさん、あっちゃん、そしてミヨシさんの旦那さん（ダイスケさん。この人は、子どもとのキャッチボールを大事にする映像ディレクターだ）、ササキさん、磯田さん、僕。

今日は、善福寺川往復の10キロ。緑がまた一段と濃くなった。こんなに善福寺川周辺が美しいとは思わなかった。これに気づいただけでも感謝。練習に遅刻するのをチコレン、こっそり練習するのをコソレンという。こういう専門用語（?）も楽しい。

1キロ5分台で走るべく、磯田さんがスピードを上げる。きつい。あっちゃんは、このスピードでフルマラソンを走り、3時間台をマークした。すごいことだ。ちょっと無理な早さだ。

女房は、近所付き合いのプロだが、僕はどちらかというとダメな方だ。こうして近所の人と話しながら、走っているのが信じられない。

近所の人たちと会話しながら走っている自分に驚いている。こんなことは一度もなかった。子どもが小学生の時、サッカーをやっていたのでほんの少し近所付き合いがあったが、妻が中心で、私はおまけ。スポーツクラブに入っているが、特に誰かと話すわけではない。妻に言わせると、「あんたは引きこもりよ」ということになる。

仕事では人と関係を結ぶが、それで疲れてしまい、近所の人と関係することを、はなから無視していたのだ。面倒だと思って……。

男は、仕事の関係は多くある。しかし近所の関係はあまりないだろう。エリートと言われる仕事一筋の人ほど、その傾向がある。

銀行の人事部にいた時、いわゆるお荷物行員（評価が低く、昇格が遅れている行員）の研修を担当したことがある。その時、彼らのほとんどが近所の子どもたちにサッカーや野球を教えていることに驚いた。

「そのエネルギーを、少し仕事に向けてほしい」と私は彼らに話したが、今思えば、失礼なことを言ったものだ。仕事の人間関係は上下関係で、仕事を続けてさえいれば、自然と出来上がる。しかし親友が出来る可能性は少ない。仕事が変わったり、退職したりすれば自然消滅してしまうことが多い。

一方、近所の人間関係は、自分で努力して作らねばできない。自らその中に飛び込まねば作ることはできない。仕事での人間関係より難しいといえるだろう。私は、今まで努力を怠っていたのだ。今、やっとその努力を始めたというわけだ。

二〇一〇年五月十九日（水）

昨日は、いろいろあって少し疲れたが、朝、走るとスッキリした。

磯田さん、マドンナさん、あっちゃん、メグロさん、ササキさん、クミちゃん、トヨダさん、僕の八人。それぞれ集まり、走り、そして自分の朝の時間に合わせて帰っていく。集り散じて人は変れど――、早稲田の校歌と同じだ。

今日は井の頭公園往復の10キロ。途中、久我山稲荷神社で磯田さんが代表してお賽銭を出し、お参りする。ここには猿田彦が祭ってある小さな祠《ほこら》がある。ニニギノミコトを先導した神様で、芸能などの神様らしいが、クミちゃんが、率先してお参りする。みんなもお辞儀。クミちゃん、結構長く拝んでいる。なんでもご主人はミュージシャン（ドラマー）でご本人もベースを弾く。ヒット祈願（？）。それなら僕も本がヒットするようにと、お賽銭を他人任せにしないでお参りしなくては。

川に菖蒲の黄色い花が群生していた。日々の変化が実感できる。

毎日、いろいろなことが起きるが、人間って都合よくできていて、楽しい自分をイメージして、それに合わせて記憶を並べ替えれば、楽しいことしか思い出さない。この反対に嫌なことをイメージすれば、嫌なことばかり思い出して、暗くなる。なかなか上手くいかないが、マラソンしながら脳から悪い記憶を消していくことにしよう。

ブログには、毎日の詳細や誰とどこで食事をしたなどは書かないようにしている。面倒なことが起きることがあるからだ。

ここで「昨日は、いろいろあって少し疲れた」と書いているのは、日本振興銀行のことだ。金融庁の検査で厳しい指摘を受け、私は直接、金融庁のS課長から「これ以上、金融庁と敵対しないで、健全化に社外取締役が取り組んでもらいたい」と言われていた。そこで同じ社外取締役のAさんと相談し、木村氏に赤字決算をするように迫った。木村氏は、相当抵抗したが、引当金を大幅に積み増し、赤字にした。そして自らは経営から身を引いた。五月一日のことだった。

それからは問題が一気に噴き出して来た。しかし、五月末には株主総会を開かなくてはならない。めまぐるしい忙しさで、Aさんは毎晩、私に電話をかけて来て「死にたい」と言うような状況だった。

私は、走ることで気持ちを変えようとしていたのだ。

ここでＩＪＣの主なメンバーを紹介しておこう。

まずはリーダーの磯田雅也さん。早稲田の競走部では、東京オリンピックで聖火最終ランナーを務めた坂井義則氏と同期だった。大学を卒業して松坂屋に勤めたが、二人のお嬢さんをオリンピック選手に育てるため、より良い練習環境を求めて十回以上も転職したという転職の達人でもある。とにかく陽気で、面倒見のいい人だ。

彼の住むマンションの女性たちが、雑誌『ＦＲａＵ』の「走る女は美しい」というキャッチフレーズに乗せられて走り始めた。そこで磯田さんに目をつけコーチを頼んだところから、マラソンサークルＩＪＣが創設された。

最初のメンバーは全員が主婦。彼女らが集まりやすい日時ということで、月、水、土の午前5時に磯田さんのマンションをスタートすることに決まった。

コースは神田川沿い、善福寺川沿い、井の頭公園の3コース。磯田さんは十数年も前から毎日、どこかを走っている。それで、どのコースを走っていても知り合いが多い。誰にでも気安く声をかける性格もさることながら、むっつりした顔で走ったり、歩いたりしている人を見ると、笑顔にしたくなるんだそうだ。

イソップ童話の「北風と太陽」みたいな話だが、これと決めた人は何年でもくどき、IJCに参加させたり、笑顔で挨拶をするまでに変えたりする。

「初代若乃花とも友達になりましたから」とは磯田さんの自慢の一つだ。初代若乃花(故花田勝治氏)は、リハビリを兼ねて善福寺川沿いを散歩していた。いつもむっつり、しかめ面で歩いていた。磯田さんは「親方、おはようございます」と声をかけたが、相手は伝説の大横綱。そう簡単に、笑顔でおはようとは返さない。それでも磯田さんは会うたびに声をかけ続けた。二年も経った頃、初めて親方が笑顔で「おはよう」と返してきた。磯田さんは「そりゃあ、うれしかったですよ」と当時を思い出して言う。

親方は、やがて散歩に現れなくなり、そして亡くなった。IJCのメンバーが、親方と一緒に収まった写真がある。磯田さんを先頭に善福寺川を走っている際、親方は気軽にメンバーとのスナップ写真に応じるまでになっていたのだ。

そんな磯田さんの熱心な勧誘のおかげで、メンバーは現在五十人ほどになった。遠くに住んでいる人は、レースや特別練習の時に集まってくる。毎回、一緒に走るのは十人ほどだ。

その中の一人、あっちゃんは四十代の女性。普段は尊敬をこめて「あっちゃんさん」と「さん」付けで呼んでいる。なにせサブフォー、すなわちフルマラソンを3時間台で走ってしまう。スリムでしなやかな身体、ギアを上げるとスピードがぐんと上がり、私はついていくことが出来ない。

彼女が走り始めたのは、自閉症の息子さんを抱えていたからだ。ご主人は大手企業のエリート社員で、経済的には恵まれているが、息子さんは、生活する上で夫婦の介助を必要とする。献身的に息子さんの世話をしていたが、やはりストレスがたまり、彼女の悩みは深まった。そんな時、ＩＪＣに入会した。メンバーの一人が彼女に走ることを勧めたのだ。

彼女は、磯田さんの一番熱心な弟子になった。毎回、マンション前に現れ、メンバーたちと、時には磯田さんと二人で走った。めきめき実力をつけた。

そして快活になった。走りながら、子育ての悩みなどをメンバーに話す。メンバーは、それを柔らかく受けとめ、自分たちの悩みも話す。彼女にとって、早朝ランニングの1時間半ほどの時間が最高の気分転換の井戸端会議になったのだ。

そのうち家庭でも変化が起きた。あまりに彼女がマラソンに熱を上げるものだから、ご主人も走り始めた。彼は、会社の陸上サークルに入って練習し始めた。彼もまた熱心に練習した。奥さんに負けるのが、嫌だったのかもしれない。今では、ご主人もサブフォーだ。

「お互い、マラソンという共通の話題、目標が出来て、会話が弾むようになったの」

あっちゃんは嬉しそうに話す。障害のある子供を持つ家庭は、外からはうかがい知れない悩みやプレッシャーがあるだろう。ともすれば心が折れそうになることもあるに違いない。しかし、夫婦でマラソンという共通の話題をもつことで、どれだけ前向きになったことだろうか。あっちゃんの笑顔はそれを物語っている。

マドンナことケイコさんは、地元出身のお嬢様で元気で美人。真面目なご主人トシヤさんと二人の息子さんとの四人家族。誰が言い出したか、マドンナさんと呼ばれているのは、彼女がいるとその場の雰囲気がぱあっと明るくなるからだろう。

トシヤさんとは大学の同窓。トシヤさんがずっと憧れつづけて、結婚にこぎつけた。走りながら、そんな話を楽しそうにする。マドンナさんはマラソンに関してはマイペースだが、トシヤさんはすごい。やはり奥さんに刺激されて走り始めたのだが、サラリーマンで、毎日練習するわけにはいかない。週末に集中して練習し、今では楽にサブフォー、3時間20分台で走る。

磯田さんに言わせると、子どもの頃、もっと走ることを楽しませ、才能を見出だせば、オリンピック級の人はいっぱいいるらしい。それを競争ばかりで、才能の開花が遅い人を斬り捨てて行くのが現代スポーツ教育の悪いところだという。トシヤさんは、才能が遅く開花した口だろう。

カオルコさん。教育問題、子供のサッカー、美味しい食事、勤め先の話など、彼女の話はいつも刺激に満ち、聞く者を楽しませてくれる。九州出身のキャリアウーマン兼主婦、テレビディレクター、ライターでもある。雑誌「AERA」にも定期的に人物ルポなどを書いていて、初めて東京マラソンを走った経験を書いたこともある。磯田さんは記事のコピーを知り合いに配りまくり、「メンバーにはインテリが多いんです」などと自慢している。

もともと心肺機能が強いのか、あまり熱心に練習しなくても、速い。

彼女は、勤めているNHKにランニングシューズを置いていた。災害時は、それに履《は》き替えて自宅に戻るつもりだった。二〇一一年三月十一日の東日本大震災では、テレビ局も大きく揺れた。尋常でない事態だと感じた彼女は、すぐに職場を出て、自宅に向かって走り出した。けれど、履いていたのはかかとの高いブーツだった。ロッカーに入れておいたランニングシューズのことを、すっかり忘れていたのだ。

「渋谷から富士見ヶ丘まで、ブーツで走り通しました」

無事、小学校からお嬢さんを引き取った。母は強し、である。

「マラソンしていて、よかったわ」

まさか地震の時にマラソンの経験が役立つとは思わなかった、と彼女は言った。

他にも、走りながら少女のように恋を語る人（勿論《もちろん》、妄想に過ぎないのだが）、同居する母親との軋轢《あつれき》を面白おかしく話す人、あっちゃんと同じように自閉症の子供を育てながらも楽しくマラソンに打ち込む人、ＡＫＢ48のことなら何でも知っている人、還暦を過ぎてからサブフォーを達成、今度は山野を駆けるトレイルランニングに挑戦する人など、ユニークな仲間が多い。

仲間と走っていると、良いことがある。

早朝に、揃って楽しく走っている私たちと挨拶を交わすうち、あるお年寄りの女性は「ごくろうさま」と言って飴玉をくれるようになった。どこにお住まいなのかも知らないが、私たちが到着する時間、必ず同じ場所にいて飴玉を配ってくれる。私たちは、それを有難くいただく。そしてほんのしばらくの間、よもやま話に花を咲かせる。仲間の女性が子育ての悩みを話すと、自分の経験を話して、励ましてくれる。

また別のお年寄りの女性は、自家製の漬け物を「どうぞ食べて」と配ってくれる。名前も知らないが、温かな気持ちになる。

いつの間にか、その女性は現れなくなる。入院されたらしいが、名前も住所も知らない。見舞いに行くこともない。君子の交わりは水の如し、ではないが、淡い、淡い交わりだ。そしてまた新しい人が、「頑張ってるね、飴をどうぞ」と現れる。

そんな時、人生っていいな、と思う。


二〇一〇年七月、私は日本振興銀行の社長に就任した。前会長の木村氏と前任社長が逮捕され、私は周囲の反対を押し切って、混乱収拾と再建に奔走することになった。

記者会見をやり、苦渋に満ちた小畠晴喜《こはたはるき》（私の本名）新社長の顔がテレビで流れ、新聞に載った。毎朝7時に家を出て、電車で通勤し、経営状態を調査し、行員を励まし、金融庁との厳しい交渉をした。帰宅は連日深夜。それでも多くの記者たちが自宅周辺に集まり、私が帰ると、さっと取り巻いた。

聞かれることは決まっていた。

再建できるのか？　ペイオフはあるのか？　支援する企業はあるのか？

私は自宅前に立ち、ひたすら頭を下げ、「ご迷惑をかけています。頑張ります」としか言わなかった。

近所の人たちに対して肩身の狭い思いが募《つの》った。遡《さかのぼ》ること十三年前、一九九七年にも同じように自宅周辺に記者が連日集まった。第一勧銀の総会屋利益供与事件の時だ。静かな住宅街が、一瞬にして騒がしくなる。「またあの家、いったい何やってんだ？」と白い目で見られている気がするのだ。妻はもっと辛いに違いなかった。時々、泣きながら「もう、いい加減にしてよ」と行き場のない怒りを私にぶつけることもあった。

先が見えないことに従事していると、人間、だんだん暗くなってくる。

自宅や携帯電話には、新聞記者の他、社外役員のAさんから「死にたい。どうなるんでしょう」と暗い声の電話が毎日のようにかかってきた。彼は後に本当に自殺してしまったが、誰かと話をしていないと、どうしようもなかったのだろう。Aさんのことを思うと、悲しさと悔しさが、今も生々しく蘇《よみがえ》る。所属事務所のマネージャーからは、講演やテレビ出演のキャンセルの連絡ばかり。トラブルに巻き込まれ、謝罪会見をした人間に講演やテレビ出演を頼むところはない。

このまま、どうなってしまうのだろう――正直、不安で不安でたまらなかった。暗く考えれば、どうしようもなく暗くなる。そのうち電話の音が鳴ると、心臓がキュウと締めつけられるように痛むようになった。

しかし、私はそれを振り切るように毎朝、走っていた。月、水、土の磯田さんたちとの通常練習は勿論、それ以外の日も、コソレンと称する自主練習を行っていた。毎朝5時に家を出て、井の頭公園までを往復する10キロを走る。

走らないと、たまらなかったのだ。その夏は猛暑で、朝6時過ぎに汗だくで帰ってくると、もう記者たちが待ち構えていた。

「私も一緒に走ってもいいですか」

記者の一人が言った。

「やめてくださいよ。仲間に迷惑をかけますから」

私は断固として断った。一人になれる時間を奪われてたまるものか。

誰でも、生活基盤を大きく揺るがすような事態に直面すると、どこかに消えてしまいたいという気持ちになる。

死んだら楽になれる——そう思う時があるのだ。それは、不意に訪れる。自分自身でさえまったく兆候すら感じられない。ましてや他人に、その兆候がわかるはずがない。耳元で死神の囁きが聞こえ、轟音を立てて電車がホームに入ってきたその時、自分の意志ではない、何者かの意志で、ひょいと身体が浮いてしまうのだろう。気がつくと（否《いな》、気がつくことはない）、我が身は電車の車輪にずたずたに切り裂かれているのだ。遺書もない。人は覚悟して自殺するのではなく、ほんの軽い思いつきで、今の苦しみ、悩みを解消したくて死を選ぶのではないか。選ぶというより、ほんの一歩を踏み出してしまうのだ。間違っていたら引き返せる、ぐらいの軽い気持ちで。

私もそんな状況に置かれていた。普段から誰にも弱みを見せたり、愚痴をこぼしたり、悩みを打ち明けたりすることがなかっただけに、余計に辛かった。

「Aさん、死にたいのは私の方だ」、何度そう言いかけたか……。

日本は自殺大国だ。一九九七年以降、自殺者はずっと年間三万人を超えている。交通事故の死亡者が五千人を切った今となっては、交通戦争ならぬ自殺戦争と言うべき状態にある。

この国の中に何か大きな歪《ゆが》みがあるから、これだけの自殺者が生まれるのだろう。自殺は、病気や借金、仕事上の悩みなどが直接の原因になるが、時代の変わり目にも増えるといわれる。日光華厳の滝に投身自殺した旧制一高生の藤村操や、作家の芥川龍之介が、時代というものへの不安を抱えていたことはよく知られている。

日本で自殺者が一気に増えた一九九七年は、本格的にバブル崩壊が実感されるようになり、全国で金融機関による貸し渋り、貸し剝がしが横行するようになった年だ。まさしく時代の変わり目だったと言えるだろう。

それ以来、自殺者の数が減らないということは、時代の変わり目が続いているのか、それに伴う悲惨さがより深刻になっている、ということかもしれない。

政府も自殺を防ぐ手段を本格的に講じようとしているようだが、貧困など社会問題が深刻化している現状では効果が上がっていない。自殺者は三万数千人だが、未遂者はその十倍はいるといわれる。そのために悲しむ家族や友人をカウントすれば、百万人以上が悲しく、辛い思いをしているに違いない。

自殺を試みる時は、鬱状態になっていることが多い。医者に行けば、鬱病と診断される。この鬱病は、現代病である。複雑な仕事環境、絶えず求められる成果、気を許せない人間関係などに押しつぶされ、精神を病んでしまう。酷くなると自殺願望が現れるという。

ある精神医学者によると、鬱病になると、自らを破壊する自殺ではなく、他人を破壊するような行動に走る人がいるという。アメリカでは Suicide Attempt と呼ばれ、他人を殺すことで司法に自分を殺してもらう、自殺志願のような事件が多発している。

日本でも、記憶にあるところでは六十代の男性が、自分の母親、娘夫婦と孫、愛犬まで殺してしまった事件、夫が自分の妻子をつるはしで打ちのめして殺した事件など、かつては考えられなかった事件が起きるようになった。

これらは、本当は自殺したいのだが、自分では死ねないため、他人を殺すことで、自分も殺してもらいたいという自己破壊願望の現れである。つまり、自殺の変形なのだそうだ。代わりに殺される方はたまったものではないが、鬱病が昂じた中高年の男性が引き起こすことが多い、とその学者は言った。

中高年男性にも女性と同じように更年期障害があるという。もともと更年期障害とは、閉経による女性ホルモンの分泌不足から体調や精神のバランスを崩す病気で、女性に特有と考えられてきたが、男性にもあるとは驚きだ。

確かにこの年代になると、会社では管理職になり、業績や部下のことで悩まない日はない。自営業なら、昨今の不景気で資金繰りが悪化し、銀行は融資をしてくれないし、どうしたらいいのか途方に暮れることだろう。まだ中学、高校に通う子どもがいるのにリストラされて再就職先を探す日々、パート勤めを始めた女房は生活への不満から不倫をしているらしい、ということだってあるかもしれない。

自分の人生、こんなものだったのか。五十歳を過ぎて人生の黄昏《たそがれ》どき、今さらなぜこんなに辛く、悔しく、嫌な目に遭わなければならないのか？　その点、父は偉かった。いつも堂々としていたなあ——などと昔の想い出に浸っていると、いつの間にか心が病んでくるのだ。

なにもやる気が起きない。なんだか仕事が面白くない。人前、特に厳しい上司の前に立つと冷や汗が出て、動悸が激しくなる。病院に行ってみると、医者が、さも慣れたような口調で、「鬱の傾向が出ていますね。少し薬を出しておきましょう」と言う。そして薬を処方されるが、直ちに気持ちが変わるわけがない。次第に薬の種類と量が増え、結果的に長く鬱病に苦しむことになる。

私は、マラソンは鬱病に効果があると思う。私自身は鬱病にならなかったが、そうなってもおかしくない状況でマラソンに救われた。病気になったのと、ならなかったのでは天と地ほどの違いはあるが、薬ばかりに頼る治療より、マラソンするほうが、精神の健康を回復するのに役立つに違いない。

同じリズムを刻んで走ると、脳が適度に刺激され、心が落ち着いてくる。精神科の先生とマラソンについて話をすれば、鬱病に効果があると言うことだろう。

マラソンは、完走するという目標を持つことが出来る。その目標は絶えず新しい。毎回のレースの度に、完走という目標を立てねばならないから。人は目標に向かって努力している時が最も充実する。気持ちにも張りが出る。そして人と接触することが苦手な人でもマラソンは可能だ。42キロちょっとの距離を、誰とも、ひと言も言葉を交わさず、完全な孤独の中で走るのだから。サッカーや野球のように器用にボールを扱わなくてもよい。スポーツも人間関係も不器用な人へのハードルが低い。

「江上さん、よく走るね」

磯田さんが言う。日本振興銀行関連のニュースを見て、磯田さんや仲間はみんな驚き、「もう、江上さんは走らない」と思っていたようだ。当然だろう。

それでも私は、記者会見の翌日もその後も、短パンにランニングウエア姿で「おはようございます」とみんなが集まる場所へと出かけた。

嬉しいことに、あれだけ世間を騒がせているのに、誰一人として非難がましい顔もせず、顔色も変えず、いつもの調子で「おはよう」と言ってくれた。

問題になっている銀行のことも話題にならない。無理に出さないと言うより、あれはランナーの江上剛ではなく、別の江上剛の仕事なのだ、という感じだ。興味はあるだろうが、誰も何も聞かない。静かで優しさに満ちた無視を、私はありがたいと感じた。

ここでは私は作家でも、銀行の社長でもない。どこにでもいる五十代半ばを過ぎた中年男性に過ぎないのだ。

私は、仲間のおしゃべりを聞きながら、走り始める。何事もなかったように私の周りに平凡な時間が流れ始める。自分が特別、大変なんじゃない。みんな、大変なんだ。だけどこうして健気に、明るく生きているじゃないか。

「うちの子供がね。あんまり勉強しないから、昨日、蹴とばしてやったの。すっきりしたわ」

仲間の一人が笑いながら言う。それに別の仲間が意見を言う。私もそこに加わる。

仲間も、ランニングの途中で出会う人たちも、それぞれ色々な悩みを抱えていることだろう。その悩みが大きいか小さいかは関係ない。それぞれの人にとっては重大な悩みなのだ。しかし、それをちゃんと受けとめて生活しているではないか。

それでも飴玉を配り、漬け物を配る。その時の彼らの笑顔は、何物にも代えがたい。

そうしているうち、

「おい、そう深刻ぶるな、お前だけが悩んでいるんじゃない」

もう一人の自分が話しかけてくる。その声に耳を傾けていると、死神の声はいつしか小さくなっていく。自分の悩みが相対化されていく。客観視できた、と言ってもいいだろう。

額から汗が噴き出し、風が涼しく感じられる。

マラソンが、私を救ってくれたのだ。

もう二度と走りたくない……初めてのフルマラソン

私のフルマラソンデビューは、初めての練習参加から約半年後、二〇一〇年十一月のつくばマラソンだった。

筑波大学のグラウンドをスタートして市内を走る人気の大会で、高低差が少なく、初心者に向いている。以前から磯田さんに、「初フルは、つくばマラソンですよ」と言われていた。

参加申し込みは受付開始から数日間は大丈夫、と聞いていたが、それは少し前までの話で、近年のマラソンブームで、首都圏近郊の大会はエントリー開始から数時間で一杯になってしまう。磯田さんたちは、その日の内にパソコンでエントリーを完了していたが、その頃の私は日本振興銀行の破綻処理に追われ、深夜、自宅に帰る頃には、すでに締め切られていた。

練習の成果を試すことができない、仲間と走る喜びも味わえない。私はがっかりしていた。そんな時、銀行の執務机に向っていると、旧知のスポーツジャーナリストから電話がかかってきた。

「江上さん、大変ですね。大丈夫？　何か、お役に立てることありますか？」

私は、あることを思いついた。つくばマラソンのことだった。

「ちょっとずるい話だけど、つくばマラソンを走らせてくれませんか。コネ、ないですか？」

電話の向こうで、彼が言葉を詰まらせているのが感じられた。そりゃそうだ。何か役に立つことは、と聞いたら、マラソン大会に参加させてくれという頼みごとだ。銀行だから預金してくれと言うならまだしも、想定外もいいところだろう。

「つくばマラソン？」

「実は今、マラソンに凝っていまして……」

私は、近所の人たちと走っていること、つくばマラソンのエントリーに間に合わなかったことを説明した。

「了解。主催者側に頼んで、なんとかしましょう」

彼は請け合ってくれた。多くの人が、エントリー締め切りで悔しい思いをしているのに、決していい方法ではないが、どうしても私はみんなと走りたかったのだ。彼が色々なルートを当たってくれたおかげで、ようやく私の参加が認められた。指定された口座に参加費を払いこみ、さっそく磯田さんに報告すると「良かった」と喜んでくれた。みんなと走ることが出来る。私はたまらなく嬉しくなった。

いよいよ当日。秋晴れの素晴らしい天気だ。会場の筑波大学グラウンドに到着したのは午前8時過ぎ。三万人くらいの参加者のうち、一万二千人がフルマラソンを走る。集合したのは、私の他に、磯田さん、あっちゃん、マドンナさん、トシヤさん、トヨダさん、ハルちゃん、スズキさん、フクちゃん、カサハラさん、応援のヤマカワさんの計十一人。

トヨダさんは土地や土壌などの検査技師で、昔はカーマニアでブイブイ言わせていたが、今では奥さんにブーブー言われながら、マラソンに打ち込んでいる。やたらとAKB48に詳しい変なおじさんだが、3時間半ほどでフルマラソンを走る。

ハルちゃんは、あっちゃんの友人で、やはり自閉症のお子さんを育てている。彼女の御主人スズキさんは、3時間10分ほどで走り、ハルちゃんはその影響で走り始めた。可愛い奥さんで、ひたすら真面目に走り続ける。いつまでも少女のような人だ。

フクちゃん、カサハラさんは、トヨダさんの高校時代からの友人で、共に皇居ランを楽しんでいる。

応援に回るヤマカワさんの経歴も興味深い。以前は花屋をやっていたが、脳に腫瘍が出来、摘出手術を受けた。そのリハビリで善福寺川緑地を歩いていた。三半規管がやられていたので、バランスが取れず、なんだか斜めになっていた。そこへ磯田さんが声をかけ、「走ろうよ」と誘った。

誘いに乗って走り始めたら、バランスが取れるようになり、手術をした慶応病院の医師もびっくりしたらしい。フルマラソンを3時間10分ほどで走るが、最近、不整脈が出て、速く走るのや競争で走るのは控えている。ヤマカワさんは、「マラソンは命の恩人です」と言う。走るというのは、本当に脳にいいのだろう。

ハルちゃんは、ご主人のスズキさんが伴走してくれるので、喜んでいる。夫婦で走るというのは、いいものだ。4時間から5時間、夫婦で励まし合って同じゴールを目指す。そんなことが日常生活の中にあるだろうか。長年連れ添っていると、何かといがみ合うことも多いのが夫婦だが、それが互いに励まし合う。これもマラソンのいいところだ。人生の縮図というものだろう。

「キロ6分でいきますよ」

磯田さんが言う。ＩＪＣでは、今まで途中リタイアした人がいない。それが自慢だ。私がリタイアしてはまずい。そこで磯田さんがペースメーカーになってくれるのだ。

9時30分、スタート。ランナーたちが波のように、キャンパス内の紅葉した並木の間を動き始める。圧倒的な迫力に、参加できたことの幸せをあらためて感じる。

身体が軽い。周囲のランナーにつられて、ついつい速くなる。スタートの1キロは5分40秒。「速すぎる、落として」と磯田さんに注意される。しかし、それでもつい速くなる。最初の5キロは、平均5分50秒台後半。むずむずする。もっと速く走りたい。

「江上さん、先に行きなさい。調子良さそうだから」

磯田さんが言う。それが悪魔の囁き（？）だと気づくほど、私は謙虚ではなかった。

「はいッ」と元気よく答えると、勢いよく飛び出した。

これなら5分20秒台ぐらいで快走できるかもしれない。中間地点で計測時計を見ると、2時間2分。ハーフを走った時と大して違わないタイムで、こんなに楽だとは。フルマラソンって軽いなあ――これが落とし穴だった。

練習は裏切らない、とばかりに、その後も快調に5分30～40秒とまずまず。ところが、25キロを過ぎたところで、腰の辺りと足がズーンと重くなった。あれ？　どうしたんだろう、急に足が上がらなくなった。時計を見ると、タイムがどんどん落ちていく。

仲間から「30キロの壁」があるとは聞いていた。30キロを過ぎてからが本当のマラソン、というのだ。しかし、25キロ前後で壁が来るとは聞いていない。話が違うじゃないか。くそ！と思い、気持ちを奮い立たせる。

沿道から「がんばって！」の声援を受ける。餡《あん》パンやバナナなどが配られている。頭ではそれらを欲しているが、腹の具合がよくないので、受け取らずに走り続けた。

30キロ付近で、本格的に便意を催してきた。どうしよう、大きな方だ。どうしよう。まだ残り12キロ以上ある。こんなところでトイレに行けるか？　タイムがもったいない。トイレも見当たらない。

やがてタイムが、キロ6分から7分台まで落ちてしまった。おじいさんにも抜かれる。34キロで磯田さんが追い抜いていく。「がんばってね」と言われたが、苦しげに頷《うなず》くのがやっとだ。調子よさそうだから先に行って、という言葉は悪魔の囁きだったとようやく理解した。磯田さんは、きっちりキロ6分ペースを守って走っていた。

応援するヤマカワさんの姿が見えた。がんばれ！の声が聞こえるが、もうふらふらだ。よれよれと手を上げるのがやっと。後で聞いたら、その時、私の顔は黒ずんでいたそうだ。すでに疲労の極致だったのだ。

35キロ過ぎ、ハルちゃんにも抜かれる。すいすい走って行った。カサハラさんが、心配そうに声をかけてくれる。振り返り、振り返り、私を見て「最後まで頑張りましょう」と言ってくれる。

あと4キロという表示が見えた。腰が重い。トイレに駆け込みたいが、もうトイレはない。タイムは8分台になった。棄権しようかと考えた。しかし、ここまで来てそれはできない、IJCでは誰も棄権していない、と気持ちを強くする。意識が、ふっと遠のく。死ぬかもしれない、と真剣に思う。目の前が急に暗くなる。このまま倒れれば楽だろう。

苦しみから逃れるには、速く走るしかない。トイレに行こう、ということしか考えられない。腹が痛い。ああ、気を失いそうだ。通勤途上で下痢になり、脂汗を流し、便を我慢しているのと同じじゃか。

意識を失いそうになるのをなんとか耐え抜き、途中の駅で降り、トイレに駆け込んだのに満員だ。大便用のトイレは私を拒否して閉じられている。早く出て来い、早く出て来いと呪いをかけるが、ドアは閉まったままだ。一縷《いちる》の望みをかけてノブを持って揺すると、中からノックの音。早く出て来い。この野郎、ドアを蹴破るぞ。もう、我慢できなくて小便器に尻を突っ込みたくなる……。

とにかく走れ、ゴールを、いやトイレを目指せ——今や、吐き気まで催してきた。このまま意識を失い、ゲロと糞尿まみれで倒れてしまうのか。江上剛、危機一髪!

時々、目の前が真っ暗になりながら、なんとか意識をつなぎ止め、ようやくグラウンドに到着。あと400メートル。先に着いた仲間がいるはずだが、声援はまったく聞こえない。こんな苦しい思いをしてゴールするのに、誰も迎えてくれないなんて酷いもんだ(後で知ったが、みんな大声で声援していたのに、私は気づきもしなかったそうだ)。へろへろでゴールインし、トイレに駆け込んだ。尾籠《びろう》な話だが、上からと下からと出すものを出し、そのまま意識を失った。20分か、30分か、下半身剝きだしのままで、いったいどれくらいの時間、トイレにこもっていたのだろう。

正気を取り戻し、着替えを終えて仲間のところにたどり着いた頃には、ゴールインから1時間以上が過ぎていた。

「どうしたんですか？」

「救急車で運ばれたんじゃないかと心配しました」

仲間が次々声をかけてくれるが、私から出たのは、

「もう、いやだ。金を払って、なんでこんな苦しい目に遭うんですか」

という恨みの言葉だった。

土気色の顔、紫色の唇、精気のない瞳、私は半死状態だったようだ。

タイムは、4時間31分27秒。

「初めてのフルで、4時間半は立派ですよ」

磯田さんが慰めてくれる。

「また走りたくなりますよ」

トヨダさんとあっちゃんが、優しい笑みを浮かべている。

私は、もう二度と走らない、と思った。そこにマドンナさんが泣きながら帰って来た。

「体調が悪かったのに完走出来ると思わなかったの。だから嬉しくて、嬉しくて」

マドンナさんの記録は5時間20分。前回より1時間も遅い。しかし、感動はひとしお

だという。今までにない喜び、完走できたこと、ただそれだけが嬉しいのだ。
記録じゃないんだな、と思いながらも、私はその場に倒れて眠りたかった。
しかし、やっぱり私は翌日も走った。あれほど、もう走らないと言っていたのに……。

メタボと睡眠時無呼吸症を克服するまで

マラソンを始める前の私は、完全なメタボだった。仕事から来るストレス、過食と過飲、宴席好きもあって、体重は最大で86キロにもなってしまった。胴回りはほぼ1メートル、健康診断では総コレステロール、悪玉コレステロール、尿酸値すべてが基準値オーバー。肝臓は脂肪肝で、エコーを取ると脂肪が白く映る、いわばフォアグラ状態だった。

過去の人間ドックのデータを見てみる（カッコ内は正常値の範囲）。

【二〇〇四年十二月八日】

体重84・9キロ、身長170・4センチ

肥満度32・7（マイナス10・0〜9・9%）、BMI指数29・2（18・5〜24・9）、体脂肪率26・1（15・1〜20・0%）

総コレステロール264（130〜220㎎／dl）、中性脂肪129（50〜150㎎／dl）、LDL（悪玉）コレステロール169（0〜140㎎／dl）、HDL（善玉）コレステロール54（40〜119㎎／dl）、尿酸7・4（2・5〜6・9㎎／dl）

【二〇〇六年二月二十八日】

体重83・0キロ、身長170・8センチ

肥満度29・7、BMI指数28・5、体脂肪率26・7

総コレステロール279、中性脂肪208、LDLコレステロール170、HDLコレステロール54、尿酸7・6

【二〇〇九年一月六日】

体重83・2キロ、身長170・0センチ

肥満度30・0、BMI指数28・8、体脂肪率26・2

総コレステロール294、中性脂肪227、LDLコレステロール215、HDLコレステロール63、尿酸6・8

ウエスト周囲径は、実に100・5センチ（正常84・9センチまで）もあった。この時の気持ちを思い出すと、今でも憂鬱になる。

総合所見には、痛風は要治療継続・管理継続、血清脂質も要治療・管理、内科診察として血液検査、その他は要精密検査、体重、循環器、肝・胆・膵《すい》、血清学的検査、直腸肛門は要経過観察――と続く。

直腸肛門とは、この頃、痔で悩まされていたもので、先のつくばマラソン後に切除した。重症のイボ痔で、手術の前、肛門に血だまりが出来ていたらしく、医者が「どうしたんだ?」と聞くので「昨日、フルマラソンを走ったんです」と答えると、イボ痔を指で押さえて「よく、このケツでフルマラソンを走ったね」と妙な感心のされ方をした。「破裂するところだったよ」と言われた時は、恐ろしくなった。マラソンロードで尻の周りを血だらけにして、よたよたしている自分の姿を想像したからだ。

話がそれたが、二〇〇九年の総合判定では、完全なるメタボの判定を受け、肝臓は脂肪肝、頸動脈にも脂質が付着、甲状腺異常などの注意も受けた。医師からは、このままだと脳血管疾患や心疾患の危険度が高いので、CTスキャンやインスリン抵抗性の検査など、とにかく適切な対応をすることを勧められた。

以前から、スーツを新調する度に、ウエストが大きくなることにうんざりしていた。

それでも反省はせず、太るにまかせていた。人間とはおかしなもので、太っていると自覚することがなければ、自分が太っているとは思えないのだ。

客観的に言って、太っているのは間違いない。風呂に入って、しゃがむと腹が邪魔になって自分のモノが見えない。それでも鏡を見れば、そこには若い頃と変わらぬ自分の顔がある（そのように見える。完全なる錯覚!!）。人間、いちいち自分の間違いに気づいていたら、生きていられない。他人から何と言われようと、自分を高く評価するからこそ生きていられるのだ……。

しかし、さすがに太り過ぎだった。二〇〇九年十二月、思いあまって断食道場に入ることにした。伊豆高原にある「やすらぎの里」という施設で、前に雑誌の取材で体験したことがあったのだ。一週間、十三万円ほどの費用がかかる。三日間、汁ものだけで、四日目からおかゆに戻していく。ふだんは酒を抜くこともなかったので、私は健康のためと思い、入所した。

何も食べずに伊豆高原を歩いたおかげで、体重は80キロまで落ちた。ところが、そこから80〜81キロ辺りをうろうろし始めた。断食道場にいる間はいいが、そこを出ると徐々に元の木阿弥になってしまう。

二〇一〇年一月、断食道場を出てからの記録を見ると、80・2キロ、80・9キロ、79・9キロと涙ぐましい。何とか維持しようと必死になっている。少しでも太ると、「キロ2万円以上の脂肪」と女房から強烈な嫌味を言われた。

なんとか体重を戻さないため、昼は蕎麦だけとか、夜はご飯を食べないとか、宴席では必ず少し残すとか、実にストレスのたまる努力をしていた。

もともと太る体質の人が食べたいのは、カレー、とんかつ、うなぎなどカロリーが高いものばかり。どーんと腹いっぱい食べたい、そんな欲望を抑えられず、太ってしまうのだ。

もう一つ、この頃の私は重篤な病（？）を抱えていた。睡眠時無呼吸症である。以前から鼾《いびき》がすごかった。二階で寝ていると、一階で寝ていた人が目を覚ましてしまうほどの大音量だ。

それに加えて、寝ている時に呼吸が止まる。一時的に無呼吸になるのだ。自分では分からないが、隣で寝ている女房が「死んだのかしら？」と心配して覗《のぞ》き込むと、急にフォオ、フォォォと息継ぎをするらしい。

友人の小野隆彦さんと飲んだ時、彼が「江上さん、鼾がすごいでしょう。睡眠時無呼吸症の治療をしなさい。アレが元気になりますよ」と言ってにやりとした。アレというのは下半身のアレだが、若い女性と再婚した彼には重要でも、私にはどうでもいいので（?）聞き流そうとしたら、「脳梗塞、心筋梗塞になる確率が格段に下がる」と重ねて言われた。真面目に、なんとかしなければならない、と思った。

この病気は、睡眠が十分に取れないため、日中に睡魔に襲われ、思わぬ事故につながることがある。主な原因は肥満で、睡眠時に気道が塞がれて起きるのだ。

私は、新宿にある駒ヶ嶺医院の睡眠呼吸センターに行った。当時、新聞のコラムにその経緯を書いている。

東京農工大学（本部・府中市）の副学長である小野隆彦さんと知り合いになった。

「両手で大根を持ち上げて踊る大学ですね」。私は言った。

「それは東京農大で私立です。うちは東京農工大で国立です。知名度を上げなくちゃいけないな」

小野さんの機嫌を害してしまったおわびに、小金井キャンパスで国立大学の広報担当者向けの広報に関する講演を引き受けることになった。

ＪＲ東小金井駅を降り、しばらく歩くとキャンパスに到着する。並木道が素晴らしい。一人当たりの研究補助金などではナンバー1だと小野さんが自慢げに話してくれた。130年以上の歴史がある大学だが、農と工の専門なら、これから有望なバイオと環境研究のメッカになるかもしれない。

講演は広報と危機管理に関することで、和気あいあいと終わった。最近、大学でも不祥事が続いているから大学広報担当者も民間企業並みに大変なのだろう。

さて、講演後に杉並・阿佐谷の居酒屋で飲んでいると、小野さんが「いびきをかきますか」ときいて来た。

私のいびきはひどい。酒を飲んだときはもちろんだが、普段でも大きくて近所迷惑だといわれる。

「いびきは病気なんですよ。十分な睡眠が取れていないからです」。小野さんは元々は上場企業の経営者なのだが、いびきの研究で学位を取った。

「でも、いつでもどこでも寝ることが出来ますよ」。私の反論に「それが病気です」。

小野さんによると私は「睡眠時無呼吸症」の疑いが濃いという。これは睡眠中に気道が閉じることで、呼吸が何回も止まる病気だ。放置していくと高血圧や脳卒中になったり、日中の眠気のために交通事故などを引き起こしたりする。

実は、小野さんもこの病気の患者なのだ。治療によって今では快適な睡眠を得ているという。その素晴らしさを、これでもかと言うほど強調した。

快適な睡眠。現代人の誰もが渇望していることだ。小野さんが紹介してくれた「駒ヶ嶺医院睡眠呼吸センター」（新宿区）を早速、訪ねた。

（「朝日新聞」二〇〇七年十二月十九日付）

＊

昨年末に一度書いた睡眠時無呼吸症の疑いから、「駒ヶ嶺医院睡眠呼吸センター」（新宿区）に検査入院した。

シャワーを浴び、パジャマに着替え、病室で待っていると、検査技師が入ってきた。たくさんのコードのついた器具を持っている。寝ている間の心電図、脳波、血流などを詳細に調べるのだ。体に器具が取り付けられた。鏡を見るとサスペンス映画「羊たちの沈黙」のレクター博士のようだ。

「写真撮ってください」と携帯電話を渡す。技師は嫌な顔もせず「記念にお撮りになる方が多いです」とパチリ。このまま技師に別室で監視されながら眠った。

2週間後、結果を聞いた。「睡眠の質が悪いですね。1時間当たり約66回も無呼吸があります。いびきもひどい」。先生の顔が厳しい。

「素もぐりでアワビを採っているようなものですか」。冗談のジャブを打った。「病院でアワビは採れません」。軽い答えが返ってくると思ったが、「重症です」と言われてしまった。

日中、あくびが出たり、仕事中もすぐに眠くなったりしていたのは睡眠の質が悪かったせいなのだ。

気道閉塞による無呼吸症状を改善するにはCPAP治療が最適とのこと。これは鼻マスクから適度な圧力で気道に空気を送り込み、閉塞を防止するものだ。早速、その圧力を決める検査のために再度入院した。

また色々な器具を頭と体につけられたが、今回はそれらに鼻マスクが加わった。レクター博士から戦闘機のパイロットのようになった。鼻マスクから空気が送られてくるが、特に違和感なく眠りについた。

翌朝、先生は「いや、よくなりました。いびきも無呼吸もありません」と優しい笑顔。確かにいつも寝起きに頭が重い感じがしていたが、今日はそれがない。即、効果が表れたようだ。

2回の検査入院など何度か病院に足を運ばねばならない。またCPAP器具は少し大《おお》仰《ぎょう》な感じだ。しかし睡眠時無呼吸症を放置すると、脳梗塞や心筋梗塞の危険性が3倍にも跳ね上がるという。国内の患者数は推定300万人。太り気味で、嫌な会議になるとすぐ眠くなるという人は病院に相談した方がいい。チェルノブイリ原発事故などもこの病気が原因らしいから、いびきもバカにできない。

（同二〇〇八年一月九日付）

診察の結果、重症の睡眠時無呼吸症と診断され、私は、睡眠時にCPAPという鼻マスクをつけて眠っている。お陰で日中、睡魔に襲われることはなくなった（アレが元気になったかどうかは、ご想像におまかせする）。

妻は鼾と無呼吸がなくなったので安心している。知らない人は不自由な感じを受けるだろうが、息がよく通るので熟睡できる。今では鼻マスクをつけると、すぐに眠りにつくことが出来るようになった。

しかし、問題は肥満だった。これが改善しないことには、基本的に睡眠時無呼吸症は良くならないのだ。

「マラソンを続ければ、太りませんよ。食べるものを気にしなくてもいいんです」

練習中に、あっちゃんが言った。

「ほんと?」

「本当です。代謝がよくなって、体質が変わってくるんじゃないですか」

「私たち、『走る女は美しい』というフレーズに魅かれて走り始めたんですから」

マドンナさんも、あっちゃんの説に賛成する。

実際、彼女たちは太っていない。男性も同じだ。トシヤさんもトヨダさんも、皆、スリムだ。42・195キロも走るのに、デブでは膝を痛めてしまう。

「私なんか、マラソンの後はラーメンやとんかつ、がっつり食いますよ」

トヨダさんが言った。そうか、それならマラソンを続ける動機になるな、と思った。

実際、体重の記録を見ると、マラソンの練習を始めた二〇一〇年五月から二、三ヶ月後には、早くも74キロ台になっている。そこからは徐々に体重が落ち始め、半年後には72キロ台。時には74キロまで戻ったりしているが、基本的に72～73キロ前後だ。

そして二〇一一年に入ると、71～72キロに定着。たまには70キロを切る日もある。食事や酒を無理に我慢せず、これだけ体重が落ちるというのはすごい効果だ。

「RUNNET（ランネット）」というランナー向けサイトには、マラソンの減量効果について次のような記載がある。分かりやすいので、紹介しよう。

私たちの体重は、食事に含まれるエネルギー（摂取エネルギー）の量と、生命を維持したり、活動したりするために使われるエネルギー（消費エネルギー）の量のバランスによって変化します。摂取エネルギーのほうが多くなれば体重は増加し、消費エネルギーのほうが多くなれば体重は減少します。

では、走ることによって、体重はどのくらい減るかを試算してみましょう。ランニングでは、1㎞走るのに、体重1㎏あたり1kcal消費するといわれます。体重50㎏の人なら1㎞のランニングで50kcalの消費になります。

このエネルギーを身体の脂肪でまかなったとしましょう。脂肪は1gで7kcalのエネルギーに相当するため、脂肪1㎏を使うには7000kcalの運動が必要になります。この7000kcalをランニングに置き換えると、1㎞で50kcalなので、140㎞走ることになります。つまり、体重50kgの人は140km走るごとに脂肪を1kg減らせるというわけです。月間140km走れば、毎月1kg減量できるという計算です。

運動をせずに、摂取カロリーだけを減らしても体重は減りますが、それでは脂肪だけでなく、筋肉までも減ってしまいます。運動をして筋肉に刺激を加えていると、筋肉だけでなく脂肪がエネルギー源として使われるので、理想的な減量法と言えるのです。


脂肪は燃えることでエネルギーに変わるが、まず外部から身体に取り入れられた脂肪が筋肉で燃やされ、その後、体脂肪、内臓脂肪という体内に蓄積された脂肪が燃え、減量につながる。走ることで筋肉量も増え、基礎代謝も上がる。

私は、86キロから、現在までに15キロほどの減量に成功した。トヨダさんは「1キロ減れば、3分タイムが速くなるそうです」と教えてくれた。トヨダさんは私より10キロ軽い。トヨダさんぐらいの体重になれば、30分もタイムが縮まることになる。ならば、なんとか60キロ台後半にしたいと考えている。

以下は、二〇一一年夏の人間ドックでの診断結果である。

【二〇一一年八月一日】
体重73・2キロ、身長169・9センチ
BMI指数25・4、体脂肪率17・8、ウエスト腹囲径88・0センチ
総コレステロール193、LDLコレステロール91、HDLコレステロール91、中性脂肪87、尿酸5・9

ウエストを計測した時、看護師さんが、「すごい」と驚いた。前回(二〇〇九年一月)の100・5センチから12・5センチも減ったからだ。

「マラソンですよ」と私が自慢げに言うと、「腹囲はなかなか減らないのよ」と彼女は感心したように言った。嬉しかった。腹囲は二〇一二年二月現在85センチになった。体脂肪率は正常値になった。これも自分を誉めてやりたい。

前回の診断では、総コレステロールが294もあったことを思うと、相当な改善だ。勿論正常値になった。

悪玉コレステロールも劇的に減り、逆に善玉が大幅に増えた。中性脂肪も227から87へと劇的に減り、正常値になった。脂肪肝もなくなった。

総合所見では「この調子で運動を継続しましょう」と体質改善努力が評価された。間

違いなく、私はマラソンで体質改善に成功した。
どうせ無理、では何も変わらない。
やってみるからこそ、変化がある。
今ではメタボな中年を見ると、走れば？と誘いかけたくなる。

有酸素運動、脂肪燃焼、そしてＬＳＤ

私たちＩＪＣの練習方法は、フルマラソンを4時間台で完走することに目標を置いている。まあ、楽しく走るというのが主目的だから、「3時間台や2時間台を目指すなら、独自でそういうサークルに行ってください」と磯田さんは言う。

月曜日は善福寺川コース（10キロ）、水曜日は井の頭公園コース（10キロ）、土曜日は神田川から善福寺川コース（15キロ）。これが基本だ。スタートは朝5時。夏はいいが、冬は寒く、走り始めから終わりまで真っ暗ということもある。寒々と凍《い》てつく月を眺めながらのランニングも、風流と言えば風流だが。

私は朝早くから起きて原稿を書いていることが多いから、途中で原稿を書くのを放りだして駆けつける。この時間でないと、主婦の参加者は、子供やご主人に朝食を用意して送り出すことができない。またどこかに勤めている人も（磯田さんも出勤は7時過ぎ）、

5時という早い時間でないと参加できないのだ。

磯田さんのペースに合わせて、10キロをキロ6分から7分のペースで走る。途中でキロ4分から5分で走る。そうすることで心拍数を上げ、持久力をつけていく。ビルドアップ走という練習方法で、ずっと同じペースで走るより負荷が高く、心肺機能を高めるのに役に立つ。それと、自分がどこまで成長したかも確認できる。

軽いジョグランニングとスピード走を組み合わせるのは、ランニングの練習として非常によく考えられており、脂肪を燃やすのでダイエットにも適切だ。

ダイエットには有酸素運動が最適だ。運動中に酸素を体内に取り込み、体脂肪を燃焼させるからだ。運動するためには糖質と脂肪が重要だが、脂肪燃焼比率が最も高いのはウォーキングだといわれる。詳しくは運動生理学の専門家に聞いた方がいいが、ゆっくり歩くウォーキングは、体脂肪を効率よく燃焼させてくれる。

ただ、体脂肪の燃焼量は、脂肪燃焼比率×総消費カロリーで決まる。残念ながらウォーキングは総消費カロリーが少なく、ランニングの半分以下だ。だからランニングの方が体脂肪燃焼量が多い、ということになる。

以前、あっちゃんが「走ることを習慣づけたら、食べても太らない」とアドバイスしてくれたが、実際、その通りなのだ。

ランニングで消費される体脂肪量は、毎分0・3グラム程度といわれる。走った後に体重計に乗ると、汗かきの私は、夏場なら2キロから3キロも体重が落ちている。思わずにんまりするのだが、これは汗のせいだ。水を飲めば、すぐ元に戻る。

では、その程度しか体脂肪が減少しないのなら効果なしか、というとそうではない。ランニングを続けることで、脂肪を燃焼しやすい体質に変化してくるのだ。

マラソン大会に参加して驚くのは、メタボな人がいないことだ。体重が軽いからマラソンをするのだと思うかもしれないが、マラソンをしたために痩せたのだと考えられる。走りすぎると膝を痛めたりするから、長く走り続けたいなら、自分の体重をきちんとコントロールしなければならない。

メタボ対策で頭を痛めている人は、ゆっくり走ることから始めればいい。走っていると、自分の体重の重さが実感されてくる。私なんか80キロを超える完全なデブだったから、自分の体重で疲れてしまうほどだった。そうなると、少し体重を落とそう、という自覚が出てくる。この気持ちが、メタボ対策に有効なのだ。

早朝5時といえば、せいぜい水しか飲んでいない。当然、朝食もとっていない。この状態が、もっとも脂肪を燃焼させると言われる。

空腹時、膵臓からグルカゴンという物質が分泌される。それが脂肪細胞に働きかけ、中性脂肪を分解するHSL（ホルモン感受性リパーゼ）を活性化する。すると脂肪が分解され、脂肪酸とグリセロールが増える。グリセロールは肝臓で糖質に変わり、血中の血糖値を上げ、脳や筋肉を働かせるという（「Tarzan」二〇一一年十月十三日号）。

逆に、朝ごはんを食べてすぐに走ると、膵臓からインシュリンが分泌され、脂肪燃焼を抑制、蓄積する働きをする。参加者たちの生活サイクルに合わせた、起きがけの腹ぺこランは、脂肪燃焼に最も効果的なのだ。

ゆっくり走ることで体脂肪の燃焼比率を上げながら、適宜に速度を上げ、運動強度を上げることで総カロリー消費量を上げる。それぞれ人に合わせてだが、「ゆっくり」と「速く」のこの組み合わせも、脂肪の燃焼をうながす。

週三回の練習では、必ずグラウンドで、ジャンプ・スクワット、もも上げ、前、横、後ろスキップを、それぞれ百回ずつ。走るために必要な筋肉を鍛えるための筋トレなのだが、これが結構きつい。

走るためや脂肪燃焼のためには、筋肉が増強されることが必要だ。太ももの前の部分の大腿四頭筋《しとうきん》、後ろ側のハムストリングス、ふくらはぎの腓腹筋《ひふく》などを鍛える。

最近、シシャモ足になったね、と言われる。ふくらはぎがちょうど子持ちシシャモの

ようにぷっくりと膨らんでくる。それまではぼってりとした大根足だったのに、走って、

筋トレをすると、足が変わってくる。このシシャモ足が走るためには必要だ。仲間には

独自にスクワットなどで筋肉を鍛えている人もいる。

私個人の練習についても、一通り紹介しておこう。

まず、リーダーに言われて取り入れたインターバルトレーニング。井の頭公園にある

グラウンドの400メートルトラックを目いっぱい、きついくらいで走り、その後ゆっ

くり走る、を繰り返す。この練習を週一、二回行っている。

400メートルを目いっぱいで五周、ゆっくりで五周。自分の疲れ具合と相談して、

たまに十周ずつ走る。息が切れそうになるが、十周（4キロ）を走り切ると、かなりの

自信にもなる。フルマラソンは最後の数キロが辛い。その時この練習を思い出すと、走

り切ることが出来る。

私が400メートルを必死で走っても、せいぜい1分40〜50秒程度のものだ。1分ほ

どで走る一流ランナーからすれば、えらくゆっくりに違いない。しかし、私にとっては大変だ。たまに1分30秒台で走れると、喜びがこみあげてきて、もう一周走るか、という気にもなる。最初より、後半の方が徐々に速くなるのが嬉しい。

マラソンとは不思議なもので、歩くことに慣れてしまうと、すぐに歩いてしまう。我慢が出来ないのだ。歩き癖というのはあると思う。足がつったり、痛くなったりすればしかたがないが、私は極力というより、絶対に歩かないと決めている。どんなにゆっくりでも走るんだ、と。そのためにもインターバルトレーニングは必要だ。練習で辛い思いをしていれば、本番では多少の辛さなら乗り切れる。

ファルトレク（野外走）というトレーニングも取り入れている。起伏に富んだ地形を走るのだが、上りと下りとでは使う筋肉も違うから、とてもいい練習になる。フォームの矯正になると言う人もいる。井の頭公園の周りは起伏があり、ちょうどいいファルトレクになる。リーダーが井の頭公園を練習コースに入れているのも、そのためだろう。

講演や旅行で、泊りがけで地方に出かけた時は、必ず走ることにしている。出張鞄にはウエアとランニングシューズを入れておく。〝出張ラン〟では、普段気づかないところが見える。美味《おい》しそうな飲み屋を見つけ、そのまま飲んでしまうこともあるが。

鹿児島、広島、大阪など色々な街を走ったが、気持ちがよかったのは盛岡だ。北上川、盛岡城址、石川啄木の新婚時の家など、ちょうど紅葉の盛りで、素晴らしく快適だった。仕事で出張の多い人には、この出張ランをお勧めする。

最近は、ホテルのフロントに、ジョギングコースの地図が用意してあることが多い。走ってすっきりすれば、難しい交渉もばっちり、ではないだろうか。

北海道や九州、伊豆を旅行した時は、周辺の山道を走る。まさにファルトレクだ。アップダウンのあるコースをホテルで聞いて走る。北海道では、熊に気をつけてくださいと言われたことがあったが、走った後の温泉は最高だ。

家族サービスに響かない程度には、旅行にもランニング道具一式を持って行きたいものだ。車で観光するのとは、また違う味わいがある。

IJCの練習に戻る。わがチームでは、LSD（ロング・スロウ・ディスタンス、通称ロング）という練習を取り入れている。

マラソンは42・195キロを走る。私も、初フルの時は28キロでダウン寸前に追い込まれたが、この辺りで急に足が上がらなくなり、棄権する人が多い。「30キロからが本当のマラソン」といわれるのはそのためだ。

だから、レース本番の前にはロングが必要だ。勿論、30キロほどの距離をゆっくりと走るため、体脂肪を燃焼させ、ダイエットにも最適だが、それよりも自分は30キロを走り切ったという事実が、フルマラソン後半で力になる。自分に自信がつくのだ。

ロングは、我がチームにとってお祭りでもある。例えば春には、桜を眺めながら多摩湖まで走り、そこで花見をする。私たちが住む杉並区は、神田川、善福寺川沿いに桜並木が続く。そこからずっと多摩湖まで、桜が途切れることがない。日本の春は最高だ。本当に素晴らしいと思う。

ロングには、家族と一緒に参加するメンバーも多い。だから二十〜三十人にもなる。家族が助け合いながら、30キロの道のりを走り切る姿はいいものだ。

秋は、拝島までの30キロを、紅葉を眺めながらのラン。到着先は、拝島の駅近くの中華料理店。餃子や焼きそばをつつきながら、みんなでビールを飲む。毎年のことだから、店でも私たちのために着替えの場を用意し、美味い餃子を出してくれる。店が近づいてくると、もうスロウなロングではない。みんなが競争で走る。

時には、レインボーブリッジを通ってお台場、焼き肉屋コースというものある。とにかく着いたらビールが飲める。これが最高なのだ。フルマラソンの時も、もう少し、あと少し頑張れば美味いビールが飲める、とゴールを目指す。美味いビールを飲むためには、完走しなくてはならない。棄権しようものなら、ビールは不味《まず》くなる。

仲間にも自分でコースを決めて、ロングをこなす人がいるが、私も、自分で土曜日の15キロコースを二周、30キロを走ったりする。自宅から調布にある深大寺を目指す長いコースを走ると、いつもと違う景色が見える。

そして正月には、初詣でランというのを実施する。井の頭公園で初詣でをし、杉並区の神社をめぐるラン。これもロングの一つだ。以下は、その日のブログから。

二〇一一年、平成二十三年一月一日（土）

新しい年の始まりだ。

とにかくいろいろあった去年のことは忘れて、新しい年を迎え、作家業に専念したい。早速、その願いを込めて初詣でラン。磯田さん宅に6時15分に集合。

まず、久我山稲荷で合掌。猿田彦にもお参りする。

井の頭公園まで集団でランニング。全員で二十人。井の頭池の橋からみんなで初日の出を仰ぐ。7時7分に池の真ん中からおごそかに太陽が昇る。ありがたいなぁ。手を合わせ、一年の平穏をお願いする。

井の頭弁財天にお参り。ここから武蔵野八幡、竹下稲荷、井草八幡、荻窪八幡（猿田彦にもお参り）、天祖神社、春日神社と合計八ヶ所の神社、プラス猿田彦宮二ヶ所をお参りした。大勢でお参りしたので効果抜群に違いない。今年はいい年になるぞ。

帰宅し、息子夫婦、孫のユウちゃんと一緒に新年を祝い、今度は家族で大宮八幡にお参り。家族円満をお願いした。

こうして神社巡りをすると、日本人って無宗教だと言うが、宗教心が深い民族だと実感する。どの神社も千年、二千年の昔から地元の人たちが守り続けているのだから、これで無宗教というのはおかしい。神道というと、これにも違和感があるが、土地の神様とでもいうのか、自然に対する畏敬心がそのまま宗教心になったような心を持つ民族だと思う。それは遠い国、遠い地から、この自然豊かな島国にやってきた祖先の記憶なのだ。新年の初詣では、その祖先の記憶を思い起こすために祈るのだろう。

今年は、平穏で実り豊かな年でありますように。

二〇一一年は良い年にはならなかったが、元旦ランは楽しい。正月から走るのか、と馬鹿にされそうだが、こうした近所の人たちとのイベントが、マラソンを続けるモチベーションになっていることは間違いない。単調になりがちな練習を楽しくする最高の方法なのだ。

二〇〇七年、東京マラソンが全てを変えた

東京マラソンは今や「市民ランナーの夢」といわれるようになった。磯田さんは、「昔は、青梅マラソン、ホノルルマラソンがランナーの夢でした」と言うが、東京マラソンが全てを変えた。

二〇〇七年に始まった東京マラソンは、市民の目をマラソンに向ける大きなきっかけになった。このマラソン大会が始まって以来、マラソンが本格的ブームになった。二〇一二年の第六回大会は、定員三万五千五百人に対して応募者は二十八万人を超え、倍率は9・6倍にもなった。

制限時間が7時間ということだから、1キロを10分ぐらいで走ればいい。これは時速約6キロで、人が歩く速さを約4キロとすると、早歩きか、あるいは走って、歩いて、を繰り返せば、完走出来るスピードだ。このハードルの低さが、それまでのきつい、厳

しいというフルマラソンのイメージを変えたのだ。

それに加えて、いつもは車に追い立てられる都内を、自分の足で走ることが出来る。いったいどんな景色が見えるのか、いつもはわき役ですらない自分が、東京の道路の真ん中を走ることで主役になれるかもしれない、そう思わせるのだろう。

ボストン（一八九七年に開始）、ニューヨーク（一九七〇年）、シカゴ（一九七七年）、ベルリン（一九七四年）、ロンドン（一九八一年）という世界の五大マラソンは、いずれも大都市を走る市民マラソン。そして東京マラソンは、日本で最初の大都市を走る市民マラソンだ。ようやく日本も、都市を単なる働く場所ではなく、共に生活する場所として認識し始めたかという興奮もある。

いろいろな理由から、多くの日本人が走り始めた。過酷でどこか厳しいフルマラソンが、楽しく、健康的なものに変わったのだ。

私の属するＩＪＣも、「東京マラソンを走ろう」を合言葉に練習をしてきた。最近の倍率の高さで参加を諦めることが多いが、第一回大会からずっと当選しているツワモノ、いや、ラッキーな人を筆頭に、夫婦で当選して走った人など、ほとんど全員が一度は東京マラソンを走っている。

私は、幸運にも二〇一一年大会に当選した。一緒に走るのは、ケイコさん、トシヤさん、ササキさん、メグロさん、クラノさん、ニシドウさん、ユキナさん、マツコさん、ユリさん、ヤマカワさん、マリコさん、私を入れて十二人。

東京マラソンは初めての私も含め、全員が興奮状態で、スタート会場となる新宿の都庁を目指した。リーダーの磯田さんは、応援団を組織した。妻やその友人たちも私を応援するべく、彼の指示で、各ポイントで待ち受けることになっている。

以下、東京マラソン前日（二月二十六日）、当日（同二十七日）の記録から。

前日まで、沖縄那覇、宮古島、伊良部島、石垣島、西表島、波照間島と短時間で黒糖と泡盛の取材を強行。向こうでは取材疲れで一切、走れず。

二十六日（土）、ビッグサイトでゼッケン引きかえ。ものすごい数の人。これは半日仕事だな、と走る前から疲れる気分。

二十七日（日）、磯田さん宅に6時45分に集合。一緒に走るメンバーと、今回は走らないが、我らのリーダーである磯田さんの先導で荻窪駅へ。都庁に着くと、ヤマカワさん（東京マラソンは五回目）という大ベテランの先導で、いよいよ全員スタート地点へと出発。

ゼッケンのチェックを受け、会場へ。ちょうど女神の像の下に陣取る。大会関係者が映像を撮ります、というので、全員笑顔で「IJC、エイエイオー!」とカメラ目線で叫ぶ(しかしこの映像、どこで見ることが出来るのだろう?)。それから全員、トイレに。これで準備万端。荷物をトラックに預け、さあスタートラインへ。

8時半までに並ばねばならない。スタートは9時10分。まだ40分以上もある。少し寒い。DJが時間を潰してくれるが、緊張が増してくる。そのせいか、また尿意を催してきた。どうしようかと思ったが、もう時間がない。石原都知事が挨拶。

やがて5、4、3、2、1とカウントがコールされ、都知事がピストルでドン! 途端に左右から花吹雪が大空に舞った。一応礼儀なので都知事に手を振り、にこやかにスタート。号砲から30秒後にスタートラインを越えた。

いよいよだ。ゼッケンA12356の私が走り出す。スタートから沿道の声援がすごい。本当に、一人一人がスターになった気分だ。

心に決めていたのは、三つ。キロ6分を守ること、応援隊のところは笑顔で通過すること、そして両手を上げて笑顔でゴールインすることだ。

スタートして間もなく、新宿大ガードの手前で「江上さん！」という声に振り向くとＩＪＣメンバーのアベチエちゃんが、両手を前に突き出すようにして声援。どんな人ごみの中でも自分を呼ぶ声はよく聞こえるものだ。「ありがとう！」と返す。しかし、まだ走り慣れていないのでハイタッチの余裕なし。靖国通りを走る。

どこもかしこも声援がすごい。こんなに多くの応援の人たちの中を走るなんて、信じられない。焦っているのか、キロ表示が見えない。探しても見つからない。走っている人に「キロ表示はどこですか」と聞くと「ちゃんとありますよ」。キロ表示がなければ、スピードが調整できない。つくばマラソンの悪夢が蘇る。

2キロの表示が見えた。11分43秒。キロ5分51〜52秒。まずまずだ。自衛隊が音楽を演奏してくれる。走りは軽快だ。

神楽坂のところで5キロ関門通過。28分08秒。ここから竹橋方面に向かう。内堀通り。日比谷に入る。自分が勤務していた辺りを走っていると思うと感無量だ。ラップは5分26秒、5分26秒、5分34秒とちょっと早い。

応援隊はどこか？と見ているとＩＪＣのピンクのユニフォームが高く掲げられているのが見えた。あそこだ！　近づいて行く。ちょっと恥ずかしいが、笑顔、笑顔。磯田さんが見えた。背が高いからやたらと目立つ。女房が、大きな口を開けて、パパ！と叫んでいる。みんなの顔が見える。帽子をとって挨拶。うれしいな。感激。「速いぞ！」磯田さんが大声で注意。もっとゆっくり走らねば、後半にバテてしまう。声援に押され、ついつい早くなってしまうのだ。

10キロ関門で28分57秒。増上寺の前を通過。増上寺と東京タワーが並んで見える。いい景色だ。第一京浜、田町駅前に来る。ここは、私が大阪から転勤して来て初めて東京で働いた町だ。みずほの看板が見える。働いていた場所は、今はりそな銀行になった。春日ビルという公団住宅の1階の店舗で「下駄履きビル」と言われ、商業施設と住居が一体になった、当時としては珍しいビルだった。

この街での自分の青春がフラッシュバック。隣に白雪姫の恰好で走っている女性がいる。七人の小人の人形をぶら下げている。結構、速い。「目立ってますね」と声をかけると、「ありがとうございます」と微笑んだ。

周りの景色はかなり変化したが、思い出は今も一杯残っている。太鼓やダンスの応援が沿道で繰り広げられている。楽しい。体がリズムを刻んでいる。

品川駅まで来る。15キロ関門29分34秒。この辺りまでは正確に5分55秒ペース。20キロになったら、ポーチに入れたカロリーゼリーを食べることを目標に走る。「カロリーゼリーを二つ持ち、20キロ、30キロで食べるんですよ。これが目標になりますからね」。これはIJCのメンバー、タキ先輩のアドバイス。とにかく先輩のアドバイスは忠実に守ろう。

品川で折り返し、田町あたりでヤマカワさんに会う。「江上さん！」「ヤマカワさん！」と呼び合う。20キロ関門通過29分40秒。ちょっと落ちた。まあいい。このペースを崩さずに行こう。カロリーゼリーを取り出して、飲む。力が注入された気がする。応援隊が見える。本当に磯田さんは目立つ。やはりIJCのシンボルだ。江上さん！と言う声が気持ちいい。元気が出る。人間というものは、聞きたい声しか聞こえないんだ。今度はハイタッチする余裕がある。

日比谷からいよいよ銀座四丁目だ。ものすごい数の人たちが応援してくれている。道に溢れんばかりだ。出版社の担当者が「江上さん！」と叫んでくれる。手を振る。こんな素晴らしい場所で走ることが出来るなんて、夢のようだ。

マラソンは、ランナーも沿道の応援者も一人一人がみんなスターになれる。応援は、一人一人の耳に届き、ランナーを励まし続ける。ランナーは、沿道の人、一人一人から自分が注目されていることを自覚して走り続ける。それはまるで舞台に立ってスポットライトを浴びているような快感なのだ。

二〇一〇年は銀行の問題など多くの辛いことがあった。社外役員だったAさんを自殺で失い、つい先ごろは同じく社外役員だったM先生まで病死された。私は、ちゃんと走っていますよ、と天国の二人に話しかけた。

日本橋に向う。アンパンマンの格好で走っている人に会う。沿道から、アンパンマン頑張れ、と声をかけられている。ひよこ、蟹、おにぎり、ビール、メイド姿の集団もいる。彼ら、彼女らには沿道からの声援が多い。これが楽しみなのだろう。こっちはラップ通りに走っている。5分53〜57秒あたりだ。どんどん抜かれるが、気にしない。

水天宮が見える。孫の生まれた祝いをした神社だ。

25キロ関門通過29分2秒。順調に5分50秒台で走っている。

ここから浅草に向う。雷門の大提灯が見えた。ブラスバンドの演奏、ゆるキャラも見える。門の前を曲がると、目の前にスカイツリーがぐっと迫った。その横にアサヒビールのビル。すごい迫力だ。多くのランナーが写真を撮っている。携帯に向かってしゃべりながら実況中継している人もいる。いろいろな楽しみ方だ。

30キロ関門通過29分27秒。この間のラップも5分50秒台。二個目のカロリーゼリーを食べる。ここからが本当のマラソンだ。気を引きしめる。少し足が痛い気もするが、つくばマラソンの時の苦しみに比べればなんでもない。

再び銀座に戻り、声援の中を走る。本願寺前にも応援隊がいるはずだ。これが目標になっている。一番苦しいところなので応援が嬉しい。笑顔でハイタッチ。実は結構、足に来ている。しかし、ここで元気をもらって走る。どんどん人を追い抜いて行く。こっちはラップを守っているが、速く走り過ぎた人が弱って来たのだ。ウサギとカメ？

田町、大手町、築地と自分が勤務してきた街を走って来たと思うと、なんだかジンと来て、涙が出そうになった。東京マラソンというのは、東京で過ごした青春を確認しながら走るマラソンなんだな。この東京は、どこの街にも思い出がいっぱいだ。勤務はしていないが、銀座、日本橋、浅草など親しんだ街ばかり。眼鏡を外して、涙を拭った。

35キロ関門通過29分12秒、5分40～50秒台。このあたりからスパートしようかと思ったが、やはり足が重い。ここで頑張りすぎるとダメになるかも、と心配になる。

38キロあたりで坂が多くなると聞いていたが、目の前に佃大橋が見える。多くのランナーが坂を上って行く。青梅の坂はもっとすごかった、と自分に言い聞かせながら膝を上げ、走る（実は、一週間前の二月二十日に開催された青梅マラソン30キロを走ったのだ。記録は2時間59分）。坂の途中で、ストレッチをしている人が多くなる。この辺りでもラップは5分58秒、5分56秒。なんとかなっている。

あと5キロの表示。さあ、頑張るかと思ったら、また坂道。晴海橋。あと3キロだ。頑張ろうと思ったが、ラップは6分10秒台に落ちた。東雲《しののめ》橋など小刻みに坂が続くのが辛い。

40キロ関門通過は30分29秒だ。ここで頑張りたいと思って時計を見たが、3時間50分を超えていた。もう4時間は切れないことがわかって、ちょっと力が落ちた。

最後の1キロ。すぐ傍を白雪姫さんが走りぬける。余裕で沿道の声援に応えている。この際、一緒にゴールインしちゃえ、と白雪姫さんを目標に走る。最後の1キロは5分49秒。コーナーを曲がるとフィニッシュのアーチが見えた。笑顔で両手を上げてゴールインすると決めたことを思い出す。白雪姫さんと同時にゴールに入る。両手を大きく広げた。

立ち止り、コースに向って一礼した。4時間8分15秒。よくやったと言いたい。係の人から「おめでとうございます」と言われ、完走メダルをいただく。嬉しい。ずしりと重い。こんな立派なメダルを貰ったのは生まれて初めてだ。誰彼となく、ありがとうと言う。横にいた外人に「ナイスラン！」と変な英語で話しかけ、握手。爽快、愉快、こんなに充実感があるとは。マラソンをしてよかった。

マラソンの先輩のカオルコさんは4時間を切ったと思っていたので、「カオルコさんには勝てないな」と言うと「私よりいいタイムよ」と言われた。初めてカオルコさんに勝った！　そして今度も全員完走、おめでとう！

親しくしていただいているマラソン解説者の増田明美さんから、電話をもらった。「素晴らしいラップですよ。タイムも4時間8分、素質あります」と褒めすぎの内容。ありがとうございます、いつか増田さんの主宰する　いすみ健康マラソンを走りたい――マラソンを通じて、いろいろな人との出会いが広がる。

この後、五時過ぎに会場を出て、磯田さんらと新宿の居酒屋で宴会。こんなに気持ちのいい夜はない。来年も必ず走りたい。東京マラソン、ありがとう。

東京マラソンは、私が東京に来てからの暮らしを全て思い出させてくれた。東京という大都市を走ることは、まるで人生の走馬灯を見るようなものだ。青春、と言うと大げさに聞こえるかもしれないが、私と同世代の人、それより少し上の世代は、誰もがそうした思いを抱くことだろう。

若い人は、今、現実に働いている場所を走ることで、本気で主役になった快適な気持ちを抱くことだろう。

東京に続けと、大阪、神戸、京都で都市型マラソンが始まった。三都物語マラソン版というわけだが、そこにも大勢の人が参加している。都市を走るマラソンの魅力は、働く場所が、自分が確かに生きている場所であることを再認識させてくれることだ。

実際に自分の足で、都市を走ってみると、それまで大都会の砂漠と言っていた、よそよそしく、冷たく、白々とした、非人間的な都市が、驚くほど、温かみと人間味にあふれ、親しみやすく、愛すべき存在であることを実感する。都市の魅力を再発見し、それが都市を愛するきっかけを作る。

走り終えたその翌日は、また冷たい都市に豹変したとしても、ランナーの心の中には、愛すべき都市への思いが芽生えている。それは未来への豊かな変化をもたらすだろう。

原発事故と短篇小説「マラソン先生」

二〇一一年十一月、福島で東日本女子駅伝レースが行われたとき、原発反対の人たちが、なぜ放射能がいっぱいあるところで駅伝をするのか、と反対を表明した。福島原発から放射能が播《ま》き散らされている場所で、わざわざ深く息を吸う駅伝やマラソンなどの大会を行ってランナーが内部被曝したらどうなる、と言うのだ。

その考え方はよくわかるが、福島の人にとってみれば、原発で被害を受けた場所で駅伝大会が開催されたことには、勇気づけられただろう。

地震と原発事故の直後、ランニングをする人がめっきり少なくなった。

私は、日常を取りもどすべくランニングを欠かさなかったが、いつもの井の頭公園、神田川、善福寺川の練習ルートに走る人の姿は少ない。

私でさえ、こんな時に走っていいのかと思ったくらいだ。地震の恐怖も強く感じていた。もしここで揺れたらどうしようか。自宅までどれくらいで帰ることが出来るか。そんなことを考えながらのランニングだった。

当然、仲間、特に女性はぱったり来なくなった。彼女たちには小学生の子供がいる。地震の時、職場にいた人もいる。何もかも打ち捨てて、あの混乱の中、新宿や渋谷から走り、小学校で待つ子供を迎えに行った人もいる。あの時ほど、ランニングをしていてよかったと思ったことはない、というのが彼女たちの感想だった。

地震直後のブログから抜粋する。

二〇一一年三月十四日（月）

昨日は、一人で土曜日コース15キロを走ったが、今日は、磯田さん、カオルコさん、ヤマカワさん、僕で善福寺川を走る。戻って来てミヨシ夫婦、レンタロウくんに会う。みんな地震の話題ばかり。

報道をずっと見ていると不安になる。近所のスーパーから水や乾電池が消えたそうだ。

二〇一一年三月十七日（木）

井の頭公園を二周。一人ラン。走っていても人は少ない。ラジオ体操の音も聞こえない。放送が中止されているのだろう。集まって話をしている人の顔も、不安な表情だ。今日は、寒い。被災地の人は大変だろう。

原発のことや水の汚染のこと、放射性物質が東京まで影響している情報が飛び交う。

二〇一一年三月二十三日（水）

5時半に起きてしまった。水曜日のランニングに30分も遅刻だ。

慌てて井の頭公園に向う。相当、速く走った。三鷹台を過ぎたところで磯田さんに追いつく。遅刻しました！と磯田さんに謝ると、今日は寂しく一人だったようだ。

公園でトヨダさんに会い、一緒に走る。地震や放射性物質のせいでレディスの参加が減った。しかたがない。男三人で走り、僕とトヨダさんは、磯田さんと別れ、環八まで。その後、僕は一人で神田川沿いを環七辺りまで走り、距離を稼ぐ。約18キロ。

＊

天気に誘われて走ったが、被災地のことや原発のことを考えると、どうも鬱々とするのは否めない。さすがの磯田さんも水が汚染されたとの情報はショックだったようだ。何せ二人の娘さんに幼い子供がいるからだ。早く、こんな状況を解消してもらいたい。水が放射能汚染されているという情報で、都内は水パニックになった。どこのコンビニ、スーパーも水がない。自販機にさえ水がない状態だ。僕たちは、ランニングの途中で喉が乾いたら、公園の水道から水を補給するが、さすがにそうする人はいない。水と空気はタダと思っていた私たち、水と空気や食べ物は全て安全と思っていた私たち、美しい日本と思っていた私たち、それらが全て原発事故のお陰で基盤を失ってしまった。

あの未曾有の事故に、ヘリコプターのバケツリレーや放水車などでしか対処できない私たち、原発というゴジラが暴れているのに、ただ逃げ惑うだけで有効な手が打てない私たち、あれほど絶望を感じたことはない。

もっとマシな国だろうと信じていたのに、結局、中身がスカスカの国だったのだ。少なくとも原発に関しては。こんな制御不能で、かつ放射性物質を何万年も残すようなもので電力を得ることの罪を感じた。

その頃、私は、こんな短編小説を書いた。

マラソン先生

朝、四時五十分。この季節、まだ日の出前だ。家族を起こさないように足音を殺して自宅を出る。磯山さんのマンションに向った。少し肌寒い気がするが、半袖のウエアとショートパンツ姿。足にはランニングシューズ。初心者が履く柔らかいクッションのナイキのシューズだ。

磯山さんのマンションの前には近所の人たち五、六人が集まる。午前五時きっかりにスタートして善福寺川緑地を一時間ほどランニングする。

マンションの前で、磯山さんが歩道のガードレールに片足をかけ、準備運動をしている。磯山さんは、今年、六十五歳になる。かつて大学で陸上競技に明け暮れていたということから、私たちのマラソンのコーチを買って出てくれている。身長は百八十センチ以上、如何《いか》にも運動選手だったということを彷彿とさせる贅肉のない体軀《たいく》をしている。

自慢は、腹の傷だ。縦に一本の傷が走っている。胃癌の手術痕だ。一昨年に手術をしたのだが、「抗癌剤なんて飲みませんよ。人間は誰でも癌になるんですから、気にしたって仕方がありません」と言うのが口癖だ。

「おはようございます」

私は、磯山さんに挨拶をしてから、一緒に準備運動を始める。

五時になった。誰も現れない。いつもならスーさんやトモちゃんらの話し声で歩道が賑《にぎ》やかになるのに、今日は、私と磯山さんの息遣いだけしか聞こえない。

「来ませんね」

「どうしたんだろう。欠席するなら電話してくるはずなんだけどな」

磯山さんは、上半身をひねるようにして、マンションの窓を見上げた。ここにはスーさんやトモちゃん、メグさんが住んでいる。ラン、スー、ミキのように、まるで若いタレントのようだが、いずれもメンバーの愛称で、四十歳代の主婦ばかりだ。

「子どもさんの用事でもあったのですかね」

「仕方がない。おっさん二人で走りますか」

磯山さんが、ぐるぐると腕を回す。

「そうですね。後から追っかけて来るかもしれませんしね」

磯山さんが、思い切るようにダッシュした。私は、磯山さんに遅れまいと走りだした。

しばらく走ると、善福寺川緑地に着く。

「おかしいですね」

なぜだか違和感を覚えた。

緑地はソメイヨシノが満開だった。何本あるのか。さながら花の洪水だ。傍らを流れる川には鴨の群れが、せわしなく行き来している。

「なにがですか。素晴らしい春じゃないですか。杉並は、本当に自然が豊富で、幸せだと思います。春は桜、夏は緑、秋は紅葉、冬は凍てつく月、それぞれ味わいがありますからね」

磯山さんは、思い切り空気を吸い込んだ。

「人が少なくありませんか?」

緑地は、いつも早朝からランニングする人、散歩する人、ラジオ体操に通う人で賑わっている。しかし、今日は目立って人の姿が少ない。

「そりゃあ、地震と原発の影響ですよ。福島第一原発で水蒸気爆発があったでしょう。

だからじゃないですか」

磯山さんは、淡々と喋り、リズムを刻んで走り続ける。私は荒い息を吐きながら並走する。

ランニングは、年齢より経験だ。ランニングを始めて一年にも満たない私は、まだ磯山さんのようにテンポよく走れない。磯山さんは何十回もフルマラソンを完走しているが、私はたったの二回に過ぎない。

「地震も怖いけど、放射能も怖いですからね。スーさんたちが来なかったのも、そのせいかもしれませんね」

一瞬、磯山さんの顔が曇った。

「こんなに桜が綺麗に咲いているのに。本当にもったいないな」

磯山さんが、いとおしむように呟くと、はらはらと風に花びらが舞った。

緑地を一回りし、マンションに戻ってくると、スーさんとトモちゃんの姿があった。

「どうしたの、さぼっちゃって……」

磯山さんが咎《とが》めるように言った。

「すみません。走る気にならなくて」

スーさんが暗い顔で言った。

「放射性物質が東京にもいっぱい降って来ているってネットで話題になっているんです。なんだか怖くて」

トモちゃんが言った。やはり憂鬱そうな顔だ。

「大丈夫だよ。そんなものたいしたことないさ」

磯山さんが言った。

「でも走ると、身体の中に……。内部被曝するっていうんでしょう?」

スーさんは、あくまで不安そうだ。

「僕らの年齢になれば気にしなくていいさ。それに僕の子どもの頃なんて中国が核実験する度に放射能の雨が降るぞ、頭、禿《は》げるぞって。そんな程度の騒ぎで被曝したとか聞いたことないですよ」

私は元気づけようと少し冗談ぽく言った。

「でもね……」とスーさんは、トモちゃんと顔を見合わせて「当分、気持ちが落ち着くまで走りませんから」と言った。トモちゃんも神妙な顔で頷《うなず》いた。

二人が、マンションに消えてしまうと、また磯山さんと二人になった。

「雨の日も風の日も暑い日も寒い日も、休まずランニングを続けてきたのに、放射能で頓挫しますかねぇ」

磯山さんは悲しそうに呟いた。

「大丈夫ですよ。みんなきっと戻って来ますから」

私は磯山さんを励ました。

翌日からは「正式に」磯山さんと二人だけになってしまった。これまで賑やかだった分、静かさが際立ち、どことなく重苦しい雰囲気だ。緑地ですれ違う人々も以前のように明るい感じがしない。緊張がうかがえる。やはり放射性物質を心配しているのだろう。

原発事故は一向に収まる気配がなかった。連日、NHKニュースは事故処理の不手際の報道ばかりを繰り返す。

再び水蒸気爆発が起きた。一度ならず二度も起きたのだ。テレビに映し出されたむくむくと立ち上る白い煙は、私の目にも普通の煙には見えなかった。あれは水蒸気だと解説されても、得体の知れない怪物に見えてしまう。あの煙が私たちの頭上に降り注ぎ、身体を蝕むのだと思うと、恐怖を感じざるを得ない。

それでも私は、走るという日常の習慣を変えなかった。毎日早朝、磯山さんのマンションに行った。放射性物質は気になるが、この習慣を変えてはならないと頑固に命じる声があったのだ。

「走りましょうか？」

「走りましょう」

私は磯山さんと毎朝、同じ言葉を合図のように繰り返した。

「昨日、小学校の下校風景に驚きました」

私は言った。

「どうしましたか」

磯山さんが顔を向けた。

「子どもたちが全員、防災頭巾とマスクをして下校しているんです。桜が満開の、その下を、そんな格好でですよ。異様でしたね。戦争でも始まったのかと思いました」

「気にし過ぎなんですね。先生が父母から放射能対策をしっかりやってくれと要求されて過剰反応しているんですよ」

「困ったものですね」

「放射能がなんですか。そんなものをいちいち気にしていたら生きてなんかいられません」

磯山さんは、腹部を指差した。胃癌でもこうして元気に走っているではないかと言いたいのだろう。

三月も終わりにさしかかった頃、東京の金町浄水場で乳幼児の飲用に適さないレベルの放射性ヨウ素が検出されたとの報道があった。放射性ヨウ素は、甲状腺癌を引き起こす可能性があるという。

「うちには水の買い置きはあるのか?」

妻に聞いた。

「非常用のペットボトルが三本ほどあるだけ。でも大人は大丈夫だって言っているわよ」

妻は問題にしている様子はない。

「そうだな。いちいち気にしていたら生きてなんかいられない」

私は磯山さんの口癖を真似た。

いつものように磯山さんのマンションに行った。磯山さんの様子がおかしい。珍しくくたびれたような顔をしているのだ。

「どうしましたか？　なんだかお疲れのようですね」

「ああ、そうなんですよ。ところでお宅に水の買い置きがないですか？」

「水ですか？　うちには非常用のが三本あるだけですね」

「三本ですか……。分けて貰うわけにはいかないですよね」

「いえ、構いませんが、どうされたのですか？」

「孫、孫ですよ」

磯山さんは今まで見たことも無いような真剣な顔をした。

「お孫さんですか？」

磯山さんには結婚した二人の娘がいて、近所に住んでいる。去年、姉の方に女の子、今年は妹の方に男の子が生まれた。私も抱かせてもらったことがあるが、二人とも元気で可愛い。

「孫用に杉並区からミネラルウォーターのボトルが数本、配給されましたが、そんなものでは足りません。昨日も一日中、スーパーや街の自動販売機を走りまわったのですが、どこにもないんです。途方に暮れましてね。女房からは、なんとかしろって、まるで働きのない亭主のように言われますし、今、地方の友人に『水を送ってくれ』って頼んでいるんですが、地方にもないんですよ。買占めして東京に送ってる人がいるらしいんです」

「でもお孫さんのミルク用の水などは区の方で手配してくれるんではないですか？」

「母親の分が足らないんですよ」

「娘さんは、大人なんだから大丈夫ですよ。東京都も大人は大丈夫だって言っているじゃないですか」

「そんな大本営発表なんか信じているんですか。母体ですよ、母体。母親が放射能の水を飲んだら、母乳から放射能が孫に移るじゃないですか。そんなことになったら、取り返しがつかなくなるでしょう」

私の言葉に磯山さんは激しく反論した。放射能なんか気にしていたら生きていられないと口癖のように言っていた昨日までの磯山さんは、そこにはいなかった。

何事にも動じない、英雄のように見えていた我がマラソン先生が、急に普通の老人になってしまった。人生の労苦と教訓を刻んでいた額の皺《しわ》も、ただのしなびたそれに見えてしまう。裏切られたような気持になった。

その日、磯山さんは自動販売機を見るたびに立ち止まって、ミネラルウォーターがあるかどうか調べた。そして売り切れを表示する赤ランプを見ては、深くため息をついたのだ。

「ちょっと回り道ですけど、家に寄ってください」

私は、緑地から帰る際、いつもとコースを変え、磯山さんを自宅に案内した。そして三本保管してあったミネラルウォーターの一本を、磯山さんに渡した。三本とも渡すべきか、二本、それとも一本と考えを巡らしたが、磯山さんに最も負担をかけない一本にした。

「一本だけですけど。三本、差し上げられればいいのですが……」

「ありがとうございます。申し訳ありません。これで十分です。そちらもお使いになるでしょうから。今、代金を持ち合わせていませんので明日でいいですか？」

「いりません。差し上げます」

私は笑った。

唐突に、故郷に伝わる弘法伝説を思いだした。母が話してくれたのだ。

「あちこちの国々を行脚されていた弘法大師様が、うちの村を通りかかりなさったんじゃ。その時、川で洗濯をしていた婆様に『水を一杯、飲ませてくれんかの』と頼まれたんじゃと。ところがその婆様は、ひどく強欲での、弘法大師様の身なりがあまりに汚かったものじゃから『お前みたいな乞食にやる水はない。川の水でも飲んだらええ』と悪態をついたんじゃと。すると弘法大師様は、『ではそうさせてもらうかの』とじゃぶじゃぶと川の中に入って行きなさった。そして持っていた独鈷《とっこ》を高く掲げると、『えいっ』という掛け声もろとも川に突き刺した。そうしたらどうじゃろ、川の水が轟々と渦を巻き、独鈷が刺さった場所に吸い込まれて行ったんじゃ。婆様は驚いたのなんの、洗濯物を放り投げて逃げ出してしもうた。みるみるうちに川は干上がり、それ以来、水無し川になってしまって、二度と青々とした水は流れんようになったとさ。うんとこどっこいしょ」

磯山さんは、まるで宝物か何かのように大事にペットボトルを抱えながら帰って行った。私は、とてもいいことをしたような気持になった。

翌日も磯山さんのマンション前に行った。誰も現れない。磯山さんもだ。どうしたのだろうと思ったが、早朝からインターフォンを押すのも気が引けて、仕方がなく私は一人で走った。話す相手のいないランニングは寂しい。

例年なら散り始めるはずのソメイヨシノが、最近の冷え込みのせいでまったく散ることもなく、今を盛りと咲き誇っていた。しかし、桜の花が鮮やかに咲けば咲くほど、ある種の寂寥感が募ってくる。周囲の沈黙が私を押し潰しそうになる。

私は、わざとらしくぜいぜいと息をし、空気を激しく吸い込んでは吐いた。放射性物質が混じっていても構わない。みんな身体に取りこんでやる。私の細胞の中に住むミトコンドリアは、原始の時代から、太陽から無尽に放たれる放射線を取りこんで生きてきた。負けるもんか。

翌日も、その翌日も磯山さんは現れなかった。あの日、ペットボトルを大事に抱えて帰ってから、まったく姿を見せない。それでも私は、毎朝、磯山さんのマンションに行った。そして磯山さんが現れなくても五時きっかりに走り出した。

ソメイヨシノが散り、青葉に取って代わった。いま緑地を彩るのは、白、桜色、紅色の鮮やかな八重桜だ。幾重にも重なり、まるで牡丹の花のようだ。川面から心地よい風が吹きあがってくる。顔を上げた。向こうから走ってくる長身の男性が目に入った。腕を大きく振っている。あの軽快なリズムは磯山さんだ。

「おーい」

私は手を振った。

磯山さんも私を見つけて、手を振った。

私は八重桜の下で止まり、磯山さんを待った。磯山さんは、明るい表情をしていた。あの日の思いつめたような感じはどこにもなかった。

「八重桜、今年も綺麗に咲きましたね」

磯山さんは目を細めて八重桜を見上げた。

「素晴らしいですね」

私も八重桜を見上げた。

「奈良に行っていました」

「奈良？　磯山さんの故郷ですね」

「ええ、娘と孫を連れましてね。避難させようとしたんです」

「避難、ですか？」

「夜も寝られないほど心配になりましてね。娘たちを説得して、強引に連れて行ったのです」

「それで走られなかったのですか。それは大変でしたね。娘さんやお孫さんは、まだ、奈良にいらっしゃるのですか？」

「いいえ」と磯山さんは、なんだかばつが悪そうに「叱られました」と言った。

「誰にですか？」

私の声が大きくなった。

「娘たちに」

磯山さんは眉根を寄せた。

「なぜですか？」

「パパの勝手な思い込みで私たちの生活を乱さないで、ちゃんと子どもを守って東京で暮らすからってね」

「そうだったのですか。娘さんも避難生活じゃ気づまりでしょうからね」

「しかしねぇ、私が叱られる筋合いのものじゃないでしょう。そう思いませんか。放射能を抑え込めない東電や政府が悪いんです。いいとばっちりですよ」

磯山さんは不満そうだ。

「でも娘さんたちは、自分たちの判断で東京に帰るのを選択されたのですから、それはそれでよろしいんじゃないですか」

私は笑みを浮かべた。

「その通りです。余計な心配はしないことにしました。私は、自分に出来る限りのことをしたつもりです。あまり放射能は気にしないことにしました。気にすれば、思い悩んで何をしても面白くない。気にしないのが一番です」

「お孫さんのことは、気にならないのですか？」

「孫のことは、気にならないと言えば嘘になります。でも孫を守るのは娘たちの責任だし、東京に住むというのは娘たちの選択です。これからこの国で生きていくのは娘や孫たちです。私のようなジジイの出番はとっくに終わっています。そんな私が出しゃばって過保護にするのはよくないと思うようになりました」

磯山さんは、何か迷いをふっ切ったように言い、「走りますよ」と腕を強く振った。

「また一緒に走れるのは嬉しいです。そのうちみんな戻ってくるでしょう。放射能に怯えて、こんなきれいな八重桜を見逃すなんて悔しいでしょうから」

「本当ですね。実に素晴らしいですね」

磯山さんは、自分に言い聞かせるように呟き、うっとりとした顔で八重桜を見上げていた。


（了）

人生にはベタな励ましも必要だ

一九七〇年代、私が大学生だった時、シラケ世代と呼ばれていた。♪しらけ鳥飛んでゆく、南の空へ、とかなんとか、コメディアンが歌っていた。

大学入学は一九七二（昭和四十七）年で、七〇年安保闘争も終わっていた。高校生の時、東大紛争や京大紛争、神田カルチェ・ラタン闘争など荒れ狂う反権力闘争に、私も少しだけ熱に浮かされた。新宿騒乱の後、駅の切符自動販売機が壊されていたのも、たまたま東京に一人行くことがあったので、生々しく目にした。新宿駅構内にはフォークゲリラがいて人だかりを作り、あちこちの歌声喫茶は満員で、そうかと思うとシンナーに酔いつぶれた同世代の若者が、駅構内に何人も横たわっていた。

警察も誰も、注意していなかったように思う。そんなことをしてはいけない、というより、そんなことをしているのが若者だという感じだった。

大学に入ると内ゲバの時代で、構内には鉄パイプが散乱していた。突然、居合抜きのようなチェスト！という掛け声が聞こえ、さらにウォー！という叫び声が続くと、誰かが鉄パイプで襲われ、血だらけで倒れていた。

私たちは、それを醒めた目で見ていた。なにせ高校卒業時に連合赤軍のあさま山荘事件が起き、そのすぐ後で山岳ベース殺人事件が発覚して、新左翼なる運動からすっかり関心が遠ざかっていたからだ。それでもクラスでは、革マルと民青のシンパが対立していた。ノンポリである大半は彼らを対立させないよう、まあまあ、となだめるのが仕事だった。

私たちはケンカもしない、将来に野心も抱かない、そんな世代に分類されてしまっていた。だから頑張ろう、絆、友情などというような言葉には自然と反発し、嘘臭さを覚えてしまうことが多いのだった。

そんなシラケ、空虚感を抱いたまま歳を重ね、いまや初老といわれる年齢になった。そして若い人を見ると、ついイマドキノワカイモノハ……と自分のことを棚に上げて言いたくなる。

今の若い人は、閉塞感に満ち満ちていると言われている。しかし、若者はいつの時代だって閉塞感に満ちている。閉ざされている、壁が目の前にある、それが若者だからだ。年を取ると、壁の前で坐ってしまうだけだ。だから閉塞感ではなくて絶望に変わる。

私が若者だった当時と今とで違いがあるのは、いたるところにベタな応援メッセージが溢れていることだ。そして若者はそれを求め、それに涙し、それを疑わずに受け入れるということだ。

「世界に一つだけの花」、ナンバーワンでなくていいから「もともと特別なオンリーワン」、というＳＭＡＰの歌が流行った。私が若者だった頃は、浅川マキなどの暗い歌ばかりだった。ベタな応援歌に心を動かされることはなかった。

「ワンピース」という漫画がものすごく売れている。読むならこれしかない、というぐらいだ。私も少し読んでみたが、ここにもベタな応援メッセージが溢れている。海賊王になるという主人公の言うセリフは、友情や勇気や命がけなどの言葉で溢れている。シラケ世代のなれの果てなのに、結構、感動してしまう。これに今の若者は涙すると言う。ある二十代の女性は、泣きながら読むのだそうだ。そう言う私も泣きこそしないが、取りこまれてしまう。

とにかく今は応援歌が多い。ナオト・インティライミという歌手がいる。ホノルルマラソンの前夜祭で初めて聞いた。ランナーの若者たちは彼のことを知っているらしく、興奮して一緒に踊っていた。回せ、回せ、回せこの地球をと叫びながら、彼が持っていたタオルを回すと、会場の若者もみんな回し始める。彼の歌もまた応援歌だ。

私のように、もうじき六十歳になろうというオジサンも、若者も、みんながマラソンにはまってしまうのは、マラソンにはベタな応援歌が仕込まれているからだ。シラケ世代と呼ばれた自分も、本音ではベタな応援歌を求めていたことに気づく。

複雑になり過ぎた現代社会では、誰も信じられない。友情だって、会社のノルマの前には消えてしまうかもしれない。信頼していた上司に裏切られることも当たり前だ。社会のために、などと言うと、会社では何を甘いことをぬかしているのだと言われておしまいだ。

現実は厳しい。正社員にもなれない。リストラはすぐ目の前だ。夢も何もない。年金ももらえないかもしれない。老後も心配だ。若者も私たち初老の人間も、誰も彼もが閉塞感と絶望の前にたたずんでいる。心からの応援歌が欲しいのだ。

そんな時、マラソンを走ってみると、42・195キロという、なんだかとても中途半端な距離なのだが、それが人生のように思えてくる。そこには純粋で、単純な応援歌が満ちている。沿道の頑張れ！という声援は、どんなに遅い人にも平等だ。

疲れて歩きそうになると、あるいは歩いてしまうと「ゴールは近いぞ。諦めるな」と声がかかり、同時に、自分自身の心の中でも同じ声が聞こえてくる。沿道の応援と共鳴しているかのようだ。

諦めるな、ゴールは近い、みんなガンバッテルじゃないか——自分への応援歌が聞こえてくる。スタートがあり、必ずゴールがある。この道をずっと進めば、必ずゴールがあるのだ。

自分の人生のゴールなんて、どこにあるかも分からない。

一流企業に勤めていても、いつ何どき、オリンパスや大王製紙、東京電力みたいになるかもしれない。はたまた外資に買収されてしまうかもしれない。

サラリーマンになればとりあえず生涯安泰、なんて時代は終わった。大学を卒業しても一生、正社員になれないかもしれない。

結婚して奥さんになれば楽できると思っていたけれど、そうでもない。結婚もできない。

どうしてお父さんの世代のように安楽に暮らせないのだろうか。どうして先輩の世代は退職金をがっぽりもらい、気楽な老後を送っているのだろう……。

実生活でゴールの見えない人たち、彼らがマラソンランナーになる時、全ては単純に同じ目標に向かう人間になる。こんなことって、人生にはない。そこに集まった何千、何万という人が、老いも若きも、男も女も、みんな平等に同じ目標に向かう。これほど単純なものはない。

駆け引きも何もない。頼りになるのは自分の足だけ。足を動かし続ければ、必ずゴールが来る。速いも遅いも関係ない。完走の喜びを味わいたいだけ。誰もが自分を励ましてくれる。練習は裏切らない。ちょっと練習が足りなかったけど、それもしょうがない。言い訳はしない。

ただ足を動かし続けろ。歩いてもいい。立ち止るな。みんなと同じゴールを目指すんだ。息が上がれば、休んで整えろ。追い抜かれても気にするな。自分のペースでいいんだ。

どこの世界に、自分のペースでいいと心の底から励ましてくれる社会があるだろう。会社で自分のペースでやりますと言ったら、その途端にアホかと罵られるだけだ。

自分の人生に欠けていたもの、それは自分自身を応援する、ベタなまでの応援歌だ。

人生にはベタな励ましも必要だ

マラソンにはそれがある。それが走る理由だ。みんなには応援歌が必要なんだ。ゴールの瞬間、有森裕子のベタな名せりふが浮かんでくる。自分で自分をほめたい……。

私大出「グリコ」と東大出「エリート」の違い

練習は裏切らない、という言葉がある。どんなスポーツにも言えることなのかもしれないが、特にマラソンに当てはまる気がする。

仲間と走りはするが、基本的に一人だ。一人で孤独に耐えながら、ひたすら42・195キロを走り抜かねばならない。

ボールを味方にパスすることも、ファーストにボールを投げる必要もない。そういう意味では、なんて不器用なスポーツなんだろう。勿論、専門のランニングインストラクターに言わせれば、走り方などにプロとアマの違いはあるはずだ。単純に見えて、結構、繊細なスポーツだということになるだろう。

しかし、素人目にも明らかなのは、がむしゃらに足を動かせば、それを他人より強く、長く、息を切らさずにできれば、早くゴールに到達できるということだ。

公務員ランナーで市民マラソンの星、川内優輝選手は、自分一人で独自の練習をして、並みいるプロ、すなわち実業団の選手たちを蹴散らしているではないか。

二〇一一年の福岡国際マラソンでは実業団のエースに競り勝った。その前の東京マラソンでも、日本人ランナートップの三位。一年間の主要大会で二度も日本人トップになったのは、すごいことだ。

陸連は、記録がさみしいなどと評したが、自分たちが金をかけた選手だったら、すぐにオリンピック当確を出しただろう。陸連の予算を使わずに勝った川内君をオリンピックに行かせれば、自分たちの存在価値を無くすと思ったのではないだろうか。

彼は二〇一二年の東京マラソンにも出場した。実業団の選手の場合、オリンピック選考大会で日本人トップになったら、もう試合には出ない。満を持して調整しながら、悠々と過ごすところだ。しかし、川内君のようにがむしゃらにならなければ、本番のオリンピックでは勝てやしないだろう。

川内君は特異なランナーだから、では片付けられない。ランニングの専門家がいくら理論的に指導しても、彼の個性にはかなわないということだ。すなわちマラソンはいくらコーチや監督が優秀でも、勝てるかどうかは分からないのだ。

小出義雄監督のように、ランナーの才能を見抜く人はいる。有森裕子選手や高橋尚子選手のように、アマ時代には決して有名でなかった選手がその門下に入り、めきめき才能を伸ばした。それは他のスポーツの例、野茂やイチローの個性を壊さなかった仰木彬《あきら》監督の例を見ても、指導者とは本来そういうものだ。

もし川内君が小出監督のような人に出会っていたら、2時間4、5分台の世界的選手になったかもしれない。しかし彼はそうした監督に出会わなかった。箱根駅伝には二度関東学連選抜として出たそうだが、記録的には注目されなかったのだろう。

そういう意味で、日本の男子マラソンが弱いのは、ランニングを指導できる監督やコーチはいっぱいいるが、埋もれている才能を見つけ出すことが出来る人がいないということではないか。

残念なことに川内君はオリンピックには出場できないことになった。東京マラソンで負けたからだが、諦めず次のオリンピックを目指して欲しい。彼の頑張りは多くの人に勇気を与えたと思う。

会社組織でも「俺があいつを育てた」と自慢げに言う人がいる。育てたという人材を見ると、たいていは勝手に育つぐらいの人だ。彼は単にポストを与えたに過ぎない。さらに言えば、そういうことを言う人に限って、個性的で枠にはまらない人材を「気に入らない」「生意気だ」「指導に従わない」という言葉で多く殺している。

会社では最初からレッテルが貼られる。出身大学、さらには出身高校、家柄、縁戚など、その人の持っている付帯情報によって、入社して最初のポストが決まることが多い。そこでそこそこ戦えば、あるいは可もなく不可もない働きをすれば「良くできる」とされる。

そんな付帯情報がない野武士のような社員は、なんとか名伯楽に見出してもらえるよう努力をしなければならない。それでもなかなか見出してもらえず、埋もれてしまう。

私が人事部にいた時のことだ。入行七年目に第一選抜という昇格の機会がある。ここで管理職になれれば、そこそこまで行ける。なり損ねれば、かなり出世は遅れてしまう。

それに給料が違った。当時は、それまで七百万円の年収なら、確実に一千万円を超すことになった。三十歳になるかならないかで一千万円の年収は大きい。昇格できるのは大卒同期の40％程度、あるいは30％程度。これに遅れると次の世代が来るため、申し訳程度しか昇格できなくなる。かくしてその昇格レースは白熱することになる。

「こいつの方が、潜在能力が高い」

ある行員について、昇格会議で東大出身の先輩が言った。人事部は、ほぼ全員が東大出身だった。

彼が言う潜在能力が高い行員は、営業店ではメタメタで客とまともに交渉が出来ないが、東大を出ていた。

「調査部にでも放り込めば、役に立つに違いない。昇格させよう」

彼は言った。東大＝頭が良い＝調査部で活躍する、という図式だ。

「潜在能力とは何ですか？　私たちは、ここで顕在化した能力をみているんじゃないですか？　潜在能力で評価するなら、高校の偏差値で評価するようなものです」

私は反論した。彼が推薦する行員は当然、有名高校の出身だった。銀行では東大出がえらくなる。幹部はたいていそうだ。その理由が分かった気がした。

東大という付帯情報がついた行員は、それだけで入社時に支店長が役員クラスの大きな支店に入り、その後は調査部やその他あまり傷のつかないポスト、または上司が必ず偉くなる営業部のようなポストに行く。支店長が役員クラスという支店なら、第一次選抜の昇格もなんとかなるかもしれない。かくしてその行員は、順調な銀行員人生を歩むことになる。だから銀行幹部は東大出身者ばかりになり、どれもこれも同じような人材で、その結果、企業の成長が止まってしまうのだ。

現に、その先輩は、営業店でものすごく活躍した明治大学出身の行員を、

「彼はグリコだ。地方の営業店でもう一回、見る必要がある」

とあっさり落とそうとした。グリコとは、キャラメルの絵柄で、両手を上げてゴールインするランナーだが、あの絵の通り脇が開いているから、脇が甘いという隠語だ。先輩に言わせると、要するに明治大学出の行員は、営業マンとしては良くできたかもしれないがただそれだけで、成長性もなく、潜在能力に乏しい、ということらしい。

「入行以来の試験成績を見てみましょう」

私は、そのグリコの方を昇格させたかった。それは、銀行が給料を払うのは、あるかどうかわからない潜在能力に対してではなく、顕在化している実績に対してだと思ったからだ。それと、私が早稲田という同じ私学の出身で、自分が馬鹿にされたような気がしたのだ。

二人の入行以来の試験成績が提出された。当然、東大の方が上になるはずだった。そうなれば先輩の勝ちだ。ところが、明治大学の方が圧倒的に上だった。彼は努力をして

いたのだ。かたや東大は努力していない。勝負はついた。

先輩は、苦虫を噛みつぶしたような顔で私を睨んだ。東大が落ちて、明治大が昇格した。どちらの意見が正しかったか、証明されるまでには相当な時間が必要だが。

私がここで言いたいのは、日本のエリートとはそんなものだ、ということだけだ。

昔は、陸士（陸軍士官学校）や海兵（海軍兵学校）を何番で出たか、その後の陸軍や海軍の大学校を何番で出たかで出世が決まった。そんな連中が仕切った戦争は、ことごとく現場を無視した机上の空論ばかりで、無残な大敗を喫した。

それで全員男らしく切腹したかと言えば、みんなのうのうと生き残り、東京裁判では他人の悪口を言い、論語で言うところの小人《しょうじん》であることを証明した。嘆かわしい限りだ。

戦後の役人の世界も同じだ。東大を出た成績で大蔵省（今の財務省）に入り、出世して行く。いざとなったら、みんな役に立たない。役に立ったのは、戦後右肩上がりに日本が成長していた時だけだ。今から思えば、誰がやっても上手く行った時代だ。

マラソンから話がそれたが、極端な言い方を許してもらえれば、マラソンは誰がやっても、いつから始めても、ただがむしゃらにやれば、結果がついて来る。それも魅力の一つなのだ。ただ、息が、足が、命がつづく限り、走ればいい。そうすれば結果がついてくる。これほど単純なスポーツはない。これほど平等なスポーツはない。

フォーメーションの失敗も、相手に裏をかかれることもない。明治大だろうが、東大だろうが、そんなレッテルも関係ない。男だからというだけの理由で、同期が会社で出世して行き、自分は女という理由だけで、取り残されて行く。マラソンでは男も女も、年寄りも若者も、関係ない。悔しいが、私も、華奢《きゃしゃ》な若い女性にすいすいと抜かれる。年寄りがぐいぐい走り、若者が道端で倒れこんでいる。

何の差があるのか、それは練習だけだ。単調なランニング、スピード練習など、傍目《はため》には何の面白味もない練習をひたすらやるだけだ。

タイムが大事か、プロセスが大事か、それは人それぞれだ。

とにかく練習は結果を裏切らないのだから、マラソンでタイムに魅入られた人は練習を重ねるだろう。本を読み、コーチがいるクラブに入り、より早く、より自分の限界に挑戦するだろう。その挑戦の過程がプロセスであり、自分が目指すゴールに向けて、プロセスを踏んで行くことが大事になる。

タイムは、その結果だ。週一回程度、軽くジョギングするだけではタイムは狙えない。

それは完走するだけの喜びだ。前回より少しでもいい記録でゴールインしたいと思うなら、辛くてもプロセスを大事にして、練習を重ねる以外にない。

その時、自分流の練習でも効果があるのが、マラソンだ。サッカーや野球は絶対にそういうわけにはいかない。ゴルフなどはドライバーが絶対にまっすぐ飛ばない。コーチについてこそまっすぐに飛ぶ。自分流の練習で球技は上手くならない。

プロセスが、確実にタイムにつながる（素人レベルでの話ではあるが）のがマラソンなのだ。苦しい練習の果てに、前回よりも良いタイムが出た時の喜びは最高だ。苦労しただけの甲斐があると感激する。それに、五十八歳になった今でも練習さえすれば記録が伸びるスポーツがマラソンだ。

練習は裏切らない。プロセスはタイムへの道、それがマラソンだ。

世の中、複雑すぎる。人脈や情報や何やかや、努力以外のことが多すぎる。努力すれば、真面目にコツコツやれば幸せになれるというほど、世の中は甘くない。そんなことは分り切っている。しかし、マラソンの中には、コツコツ努力すれば報われるという誰もが信じている、信じていたいプロセスがあるのだ。

タイムの評価は、誰かと競うものではない。自分自身と競い、よく努力した、と自分の結果を自分でほめる。もらえるのは似たり寄ったりの完走Tシャツと完走証だ。それでもいい。前より良かったではないか。フィニッシャー（完走者）という称号が、汗ばみ、疲労した身体になんと心地よいことか。

目標だったサブフォー達成——二つのレースから

二〇一一年六月五日、初めて自分一人で参加したのが千歳マラソンだった。大会前日は雷雨で寒かったのが、当日は一転して晴れ。気温は二十四度に上がるという。朝9時前、ホテルから歩いて10分ほどの会場となる千歳市の青葉公園に着いた。一万人以上の参加ランナーたちは、まじめそのもの。最近よくある被り物も見当たらない。森林内を走り、ギャラリーがいないからか、ランニングそのものに賭けている人が多いからだろう。

徐々に興奮が高まってくる。今回は一人での参加で、いつもの仲間がいない。しかし、ピンク色のIJCのユニフォームをしっかり着ている。

10時10分、スタート。公園内の新緑の中を走る。地面は土。最初から上りだ。1キロ表示でタイムを計ると4分38秒。信じられない、こんなスピードではダメだ。

2キロでは5分12秒くらい。まだ早すぎる。5分40秒で走って、4時間をぎりぎり切るつもりだ。これでは早すぎる。途中でつぶれてしまう。自分を抑える。するといきなり6分18秒。今度は遅すぎる。

ペースがつかめないまま、公園から出る。ここから丸山林道、支笏湖《しこつ》に向かって延々と上りが続く。新緑のカエデや白樺など、広葉樹の林が続く。

4キロからは5分20~40秒で走る。普段はアスファルトの上を走っているから、土の上をこれだけ長く走るのは初めてだ。力が土に吸収されるのか、意外に弾まない。砂があるとまるで浜辺を走っているようだ。透明な水が流れる清流が左手に見える。苔《こけ》むした老木が倒れている。上りがきつくなる。

5キロごとに給水所がある。自衛隊員の姿があるのが、千歳らしい。スポーツドリンクをいただく。暑いので、冷水を含ませたスポンジがありがたい。

林道を上り続ける。高さ150メートル以上。周囲にギャラリーはいない。自分を応援してくれるのは、新緑の林、そこを抜けて来る涼やかな風、せせらぎの音、蟬の声、野鳥の啼き声。カッコーも啼いている。そして自分の息使いの音とシューズが地面を蹴る音だけ。ランナーたちはひたすら林の中を走る。

東京マラソンはビルとギャラリーと鳴り物ばかりだが、千歳マラソンはその真逆だ。音は自然の音だけ。ヒーリングマラソンとでも言おうか。

折り返しまではいい調子だ。このままいくと4時間は切れるだろう。折り返しからは下り坂になるが、それでも微妙に上り坂もある。34キロで自動車道を横断し、サイクリング道に入る。ここで20秒ほど、自動車の通行のために待たされる。

ここからはアスファルト道でまた上り坂。ここからが苦しい。6分11秒、14秒、24秒と6分台にダウン。隣を若い女性や、私より年配の人が走り抜ける。ちょこちょこ走っているように見えるのに、追いつけない。ダメだ。

頑張らねば、と焦るが、6分台が続き、39キロ辺りでトータルの時間を見る。4時間を切るには、この後5分台前半ペースが必要だ。事前に見た地図では下り坂だったのに、疲れているのか上り坂に見える。もう4時間は切れない、と思うと急にペースダウン。6分40秒。

あかん、最後ぐらいは決めようと思うが、結局そのままゴールイン。記録は4時間5分30秒（ネットで4時間5分ちょうど）。4時間切りは次回に持ち越しとなった。

タフなコースだ。延々と続く上り坂、自然の中とは聞こえがいいが、ギャラリーがいないので苦しい。多くの人に見られていると思うと走り切れるが、見ている人がいないと辛い。六月は北海道でも気温が二十三、四度もある。結構、暑く、厳しいマラソンだ。

ゴール後、ふかした北海道産ジャガイモ（インカのめざめ）をいただく。うまい。

完走して自己ベスト。まあ、よしとしようか。こういう自然の中のマラソンもいい。林の中をひた走る、エゾ鹿になったような気分だった。

＊

二〇一一年十一月二十七日、大阪で天下分け目のダブル選挙が行われる日。そんなことも気にせず、我々はつくばに向かった。

朝5時半、磯田さんのマンションに集まり出発。寒い。磯田さん、私、トシヤさん、カオルコさん、あっちゃん、〝大統領〟ことオギワラさん。彼は両足の痛みで一時は参加を諦めかけたが、何とかこの日を迎えることが出来た。顔は晴れやかだが、足を十分に曲げられないようだ。今日は、磯田さんのサポートで完走を目指している。〝大統領〟というニックネームの由来は、練習の時、ジャマイカのサッカーチームの派手なウエアを着ていたからだ。

総武線で、野武士よろしく旗竿を持ったトヨダさん、ヤマカワさん、ハルちゃん、キタダさん、スガヌマさんも合流し、総勢十一名。ヤマカワさんは応援に回るので、走るのは十名だ。秋葉原からつくばエクスプレスに乗る。朝焼けが素晴らしい。

会場の筑波大学は、数万人の参加者で溢れている。これだけの人が、ただ走るという目的のためだけに集まっていることにあらためて驚きを覚える。

スタートは9時半。軽くアップしてスタートラインへ。どういうわけか、私は仲間の中では最後尾。去年、悲惨なレースをしたから後方スタートなのかな、という思いがよぎる。一緒のキタダさんも、最近まで風邪で寝込んでいたという。体調が悪そうだ。

緊張が高まる中、スタート。フルマラソンに参加する一万三五九二人が一斉に走り始める。スタートラインに進むまででひと苦労、5分ほどかかってようやくスタート地点に。時計のスタートボタンを押した。

コンディションは気温十四〜十六度。ほとんど無風。たくさんの人がいる割には走りやすい。体調が悪いはずのキタダさんが飛ばしている。キタダさんが見えなくなった頃、風船をつけた4時間半のペースメーカー二人を見つけた。前半は、彼らについて行くことにする。最初から実力以上に飛ばし過ぎて大失敗した昨年の反省からだ。

1キロから5キロまでは5分54秒、57秒、55秒、6分1秒のキロ6分ペース。磯田さんとオギワラさんを追い越しながら、「頑張りましょう」と声をかける。ここでようやく身体が温まって来たので、キロ5分30～40秒台に上げる。

5～10キロは5分32秒、22秒、38秒、27秒、27秒。ハルちゃんにも「頑張ろう」と声をかけ、給水場のところではカオルコさんを抜く。彼女は「私は6分で行きますから」と言う。「私は5分30秒です」と返したが、カオルコさんは強い。5分30秒をキープできなければ、「お先に」とやられてしまう。やっぱり早すぎるかな、と不安になる。

10～15キロも5分46秒、24秒、35秒、29秒、32秒。このまま走り抜けられたらいいが、と考えていると、息づかいの荒いおじいさんに易々と追い抜かれた。我慢、我慢。

15～20キロは、5分23秒、24秒、28秒、35秒、35秒。いよいよ折り返しだ。このペースが続くようなら、4時間のペースメーカーを目指して走ろうと決め、次の5キロはピッチを上げる。

20～25キロは5分17秒、17秒、23秒、23秒、22秒。このペースなら4時間を切ることが出来るかもしれない。しかし、一向にペースメーカーの姿が見えない。彼らから5分遅れてスタートしているから、追いつかないと、サブフォーは無理だ。

25〜30キロは、5分20秒、27秒、17秒、35秒、28秒。去年はここら辺りで腹が痛くなり、ブラックアウトしそうになった。何度、リタイアしようと思ったことか。悪夢がよみがえる。しかし、なんとか走れそうだ。ここで頑張ろうと決める。あと、13キロ足らずだ。カロリーゼリーでエネルギーを補給する。

30〜35キロは、5分26秒、26秒、26秒、34秒、35秒。残り7キロ、井の頭公園にちょっと行ってくるくらいの距離だ。グラウンドでスピード練習もしたではないか。ここで頑張れば、初のサブフォーだ。沿道から、「4時間のペースメーカーが2分前に通過したぞ」と声がかかる。少し疲れて来た。頑張ろう。

35〜40キロは、5分32秒、32秒、51秒、6分09秒、25秒。まだまだ頑張れるぞ。意外と足が軽い。あっちゃんの背中が見えた。疲れているようだ。練習中は、足に羽が生えたようだと言っていたが、ピークが先に来すぎたか、いつもの軽快さがない。あっちゃんを抜いてしまった。畏れ多くてドキドキしてしまう。

あと2キロちょっとだ。最後は、5分48秒、6分19秒。グラウンドで1分。最後の最後でペースメーカーに追いつき、すぐ後ろでゴールイン。放送で3時間58分（グロス）と告げられる。手元の時計は、3時間53分49秒（公式は3時間53分50秒）。

やった！　ついに4時間を切った。サブフォーだ。

我がチームは、トシヤさんの3時間26分を筆頭に、磯田さんと足を痛めていたオギワラさんの5時間19分まで全員がゴールイン。帰途、みんなで秋葉原で飲んだビールは、最高に美味かった。

＊

二〇一二年二月二十六日、東京マラソンを走った。幸運にも前年に続いて走ることが出来た。記録は3時間46分20秒。自己記録を大幅更新だ。前年の東京マラソンが4時間8分だから22分も縮めたことになる。

しかし、その3週間後に走った板橋シティマラソンでは3時間48分27秒だった。更なる高みを目指したのだが叶わなかった。自分のペースを守って走れなかったのが敗因だ。

「そんなに毎回、自己記録更新できる程、マラソンは甘くありません」

磯田さんが言った。

その通りだと思った。マラソンも人生も、上手く行かない時があるから楽しいのだ。これからも山あり、谷ありだ。

走ることには禅的効果がある

マラソンと坐禅は似ている。人間にとって同じような効果がある気がする。

私は、芥川賞作家で臨済宗の僧侶である玄侑宗久さんが住職を務める、福島県三春町の福聚寺で坐禅を組むことがある。

最初は、「小説新潮」の取材がきっかけだった。銀行で金まみれの暮らしをしていた私が、坐禅で蘇るかという企画で「『銭的生活』から『禅的生活』へ」というエッセイを書いた。禅的生活とは、玄侑さんのベストセラーのタイトルだ。

その時の、坐禅の感覚を書いた文章から引用する。

「身体が軽快だ。目の前に深山幽谷が浮かぶ。奇岩が幾重にも重なって見える。その岩から緑の松の木が伸びている。松の木には蔓《つる》が巻きつき、濃い緑の渓谷を作っている。透明な水が勢いよく流れていく。鶯《うぐいす》の声が聞こえる。私は谷に遊んでいる。渓流の上空

を鳥のように飛んでいる。軽快、軽快。何というスピードだろう」（「小説新潮」二〇〇四年六月号）

坐禅を組んで二日目の体験だ。指導されるままに坐禅を組んでいる私の前に、いろいろな想念が浮かび、うるさいほどなのだが、ところがそのうち、深山幽谷にいるような気分になってきた。身体の感覚が鋭敏になり、目は閉じられているため何も見えないが、耳は周囲の音を聞き取る。それは聞きたい音を選択的に聞くのではなく、自然の音があるがまま鼓膜に響く感覚なのだ。

私が坐禅を組んでいる時、外では小鳥が鳴いていたのだろう。その声が私の耳に入り、深山幽谷にいる、という想念が浮かんできたのだ。

私は玄侑さんに質問した。

「庭の鶯の声が聞こえてきたが、あれは聞こえてもいいものなのでしょうか？」

「聞こえなくてはいけません。聞こえないのは、何か考えごとをしているということですから。実際には私たちは全ての音を聞いているのではなく、取捨選択しているわけです。意識に関係ない音は聞いていない。ところが三昧《ざんまい》状態になると、言語で認識するということをしません。全ての音が意識で取捨選択することなく聞こえてくる。だから、とてもにぎやかですよ」

玄侑さんは明解に答えてくださった。

坐禅をしている時は、色々な音や想念、雑念と言ってもいいが、それらが絶えず浮かんでくるものなのだ。

私は本格的に禅修行をしたわけではないので、偉そうなことは言えないが、坐禅をすると無の境地に入ると思っていたのが、そうではないらしい。何も見えなくなったり、聞こえなくなったりするのではなく、ありとあらゆる音や想念の中にいるという感覚になるのだ。

別の坐禅の機会でも同じだった。

私は、広尾にある香林院で坐禅を組んだ。広尾駅を降りて、商店街を抜けるとすぐに香林院はある。都内の便利な場所にあるため、ビジネスマンや官僚などに人気がある坐禅寺だ。

臨済宗大徳寺派の由緒ある寺で建立は一六六五年。住職の金嶽宗信《かねたけそうしん》さんは、大徳寺で二十年も修行を積んだ方で、坐禅を身近なものにしようと毎日、坐禅会を開いている。

宗信さんの指導を受けて坐禅を組んだが、やはりその時も色々な想念、雑念が浮かんできてうるさくて仕方がなかった。

「座っていると雑念が浮かんできて、集中できません」

私は、宗信さんに訴えた。

「雑念が浮かぶのは止められません。それを浮かんでも受け流すのが大事です」

宗信さんは言った。

この時は、玄侑さんのところでの坐禅と違い、深山幽谷にいるという軽快な気分にはならなかった。集中できないと言っているが、雑念の中に住んでいるような感覚になったのだ。

宗信さんは、それを無理に止めるのではなく、受け流すようにと言う。玄侑さんも、音を取捨選択するのではなく、聞こえるままにしなさいと言う。

実は、マラソンをしている時も同じような感覚になる。

走り続けていると、色々な想念、雑念が浮かんでくる。仕事での悩み、小説の展開で行き詰まっている場面など、とどまることがない。ほんとうにうるさいほどだ。

しかし、走るということに集中し始めると、それが気にならなくなってくる。想念、雑念が浮かんでくるのを止めることはできないが、そのうち自分の吐く息の音、風の音、あるいは周囲の声援の中で、ただ足を動かしているだけの状態になってくる。

玄侑さんは、次のように言う。

「本分の世界では、私たちは誰でもない。父でもなければ、旦那《だんな》でもない。『無位《むい》の真《しん》人《にん》』などと言いますが、そういう役をすべてとっぱらったところで自分を生きるのです。この境地を感じ取るのが坐禅なのですが、現実には私たちは何かの役を生きている。ただし、それは『方便』としての一でなければいけない。一であって二でない。父である時は、部長は関係ない。川で溺れそうな人を救おうとするときは、部長も父も関係ない。役は常に一つ。本分の世界を知りつつ、現実世界では方便としての一を常に生きることが大事なのです」（同前、「小説新潮」）

「禅はたった今の自分の役を一つに絞り込もうとする。溺れかかった女性を助ける役に『男』という役が余計だったように、である。しかしその場合の『一』は継続しないからこそ意味があった。瞬間瞬間が独立しているからこそ、『住せず』、清らかなのだった。いわばそれは『平等』の世界でのことである。（中略）そのために方便として設けるのが『志』というものだ」（『禅的生活』ちくま新書）

「現実世界では方便としての一を常に生きることが大事」、いわば方便力ということを玄侑さんはおっしゃった。

これをマラソンに当てはめてみる。無理やりではないか、と言う人もいるかもしれないが、私の中では、そうではない。

マラソンをしている時には、マラソンをしている自分に集中している。作家であることも、家庭人であることも、トラブルを抱えていることも、何も関係ない。ただ走っているだけなのだ。走るという「一」になっている。

自分に絡みついているあらゆるものを捨て去り、ただ走ることだけに集中している。なぜ走るのか？と問われたら、足が動くからだ、としか答えようがない。息が切れ、死ぬほど苦しいのに、なぜ走り続けるのかと言われると、「志」ということになるだろうか。とにかくゴールに行きつくまでは走り続けるのだ、ということだけを考えている。

マラソンを方便としての「一」に使っているわけだ。これは坐禅と同じだ。マラソンには坐禅と同じ方便力がある。

ただ走るだけ。苦しくて、倒れそうになるが、とにかくゴールを目指す。それしか考えつかないし、思いつかない。色々な想念、雑念が浮かんでは消え、消えては浮かんでくる。なぜこんなに苦しいのに走るのだろうか、そんな疑問もいつしか消えてしまう。

自分の頭の中には何も残ることがない。どんどん流れていく。それはやがて快感に変わり、坐禅で感じた時のように、深山幽谷を鳥のように飛んでいる気がしてくる。

外から見れば、ヨタヨタ、ドタドタと不格好に走っているだけなのだが、自分の中では、まるで風になったような気分なのだ。

禅は、何か効用を求めてするようなものではない。しかし福衆寺も香林院も、そこに集まるのは悩める大人たちだ。彼らは坐禅を組むことで、心の安らぎを得る。ただ坐るだけなのに、心の安らぎを得られるのは不思議なことだ。

マラソンも同じだ。ただ走るだけなのに、心の安らぎを得ることが出来る。そのためにやっているわけではないのだが、やっている最中は、坐禅であれば「坐る」ということに、マラソンであれば「走る」ということに、それぞれ「一」になることで心が安らぐのだ。人間は「一」になることで、生理学的なメカニズムが安らぐように出来ているとしか思えない。「一」となる、即ち「走る」という役割に集中することで脳の中の雑多な想念が納まるべきところに納まるのかもしれない。

現代人は、図らずも走ることに禅的効果を求めている、とも言えるだろう。

走る禅だから、走禅とでも名付けてみようか。

日本人のマラソン好きとホノルルマラソン

テレビのマラソン中継を、多くの人が延々と見ているのは日本だけだ、と聞いたことがある。他の国では、スタートとゴールくらいで、あとは選手のエピソードなどを映すところが多い。あるいはちょっとしたニュース程度の扱いらしい。

マラソン中継を見ていて、私たち日本人は飽きない。なぜかと言うと、走っている選手の心情になって、駆け引きをしているからだ。ここは相手について いけ、離されるな、ここでスパート、とか、あたかも応援する選手と一心同体になって考えている。ただ漫然と見ているだけではないのだ。

その意味では、相撲の仕切りも、一見、退屈な所作《しょさ》の連続だが、そこでいろいろ考えるから、いざ取組が始まれば、それに熱中できる。野球も、今はスピードが求められているようだが、投手とバッターの心理的な駆け引きを、ビール片手に、真剣に見つめている。

マラソンはただ走るだけのものだが、その中で多くの思考をすることが、日本人の好みに合うのだろう。

そうは言っても外国人もマラソンが好きなのではないか。

マラソン自体はギリシャのアテネが発祥の地だし、主要なマラソン大会は日本以外にも多い。現在のトップランナーの大半はケニアなどアフリカ勢だ。ニューヨークでは、ハドソン川沿いを朝からジョギングしている人がたくさんいる。ホノルルでも、暑い中をジョギングしている。かつてクリントン米大統領は、日本滞在中もジョギングをしていた。そう考えると、マラソンは日本人だけが特別好きなものではない、と言えるかもしれない。

しかし、ジョギングとマラソンは違う、という意見がある。欧米の人が楽しんでいるのはジョギングであって、マラソンではない。確かに、ジョギングには手軽なスポーツ、マラソンには苦難や修行のイメージがつきまとう。

どうして苦しいだけの、ひたすら走るというマラソンに、そんなに夢中になるのか。それは人生を重ね合わせているところがあるからだ。ただ健康のため、楽しみのため、ダイエットのためではない。辛い練習と、この苦しさを乗り越えろ、と自分を励ましながら42・195キロという距離を完走することで、人生であまり味わえない達成感を味わえる。あるマラソンランナーは、42・195キロのことを「死《4》に《2》行《1》く《9》覚悟《5》」と読み替えた。なるほどと思った。それほどの覚悟をして走るからこそ、達成感も大きいのだ。

今の日本で、充実した達成感を得られることは案外少ない。マラソンでは、それが確実に得られるのだ。

思いついたらすぐに始められる、という手軽さもいい。バットやボールはいらない。靴だけあればいい。仲間を集める必要もない。この孤独さが、今の日本人に合っている。私は仲間との連帯感を求めてはいるが、基本は一人だ。誰もカバーしてくれない。自分が努力しなければ、完走できない。ネットなどでランナー仲間を募り、会を組織する人がいる。チームが心の支えにはなるとしても、走るのは自分。自分の努力がそのまま反映する、その絶対的なところがいい。

そして、老若男女すべてがレギュラーになれる。普通、スポーツは出られる人数が決まっている。野球は九人、サッカーは十一人、バレーボールなら六人。しかしマラソンは、プロのランナーを除いては、みんな一緒にスタートして、ゴールを目指す。

他のスポーツと違って、性別、年齢、体重などのハンディがない。そんなすっきりしたところも、日本人に受けるのではないか。

もともと日本人は、柔道でも相撲でも、小兵《こひょう》と呼ばれる小柄な人が大柄な人をやっつけるのを好む。ハンディを克服して戦うことに、喜びを見出す。

自分が走るという気になったら、いつでも始められるスポーツ、それがマラソンだ。これほど敷居の低いスポーツはない。これまで憂鬱なほど高いハードルと思われていた「完走」も、7時間でOKなら、相当低くなった。東京しかり、制限時間のないホノルルはもとよりだ。

やはり日本人は、ジョギングが好きなのではなくて、マラソンが好きなのだ。何せ、そのために大挙してハワイにまで出かけて行くのだから。

以下は、初めて参加したホノルルマラソンの記録から。この時は、JR東海発行の雑誌「WEDGE」編集者で、初めてフルマラソンに挑戦する井上裕文君が同行した。

二〇一一年十二月八日（木）
ハワイなんて、二十年以上も前に家族で一度来たきりだ。

ホテルで着替えてから、サンセットランに参加。ワイキキの夕陽を見ながら、軽くジョギングとストレッチをするイベントだ。クイーンズビーチ、ガジュマルみたいな大きなツタの葉が垂れ下がる木の下に、数十人のランニング姿の男女が集まった。年齢も様々だ。時折、スコールが来る。

軽く体操をして、ビーチ周辺を走る。井上君はひたすら真面目な顔で走っている。とにかく歩かないでゴールしたいというのが、彼の目標だ。

ジョグが終わり、みんなでストレッチ。水平線に大きな太陽が沈んでいく。美しい。太陽の周りに緑の輪、グリーンフラッシュが見えると幸運が訪れるという。見えた。

二〇一一年十二月九日（金）

コース下見ツアー。バスに揺られ、ホノルルマラソンのベテランツアーガイドが、色々教えてくれる。「地元の人の案内はいいですね」井上君も楽しそうだ。

ダイヤモンドヘッドの上りは少しきつそうだ。登り切ったところに絶景ポイント。カメラを忘れないようにしよう。公衆トイレの場所や、トイレ協力をしてくれる店なども教えてくれる。ガイドステーションの近くに簡易トイレもあるという。

ホノルルマラソンには制限時間がない。12時間で完走という人もいる。今回、私たちの目標は5〜6時間。井上君の完走が目標だ。

カピオラニ公園で、4時から歓迎式典。野外コンサート会場のようだ。芝生にビュッフェスタイルでいろいろな食べ物や飲み物が置いてある。

日本人と現地の人気アナウンサーによる司会で始まる。ハワイアンダンス、フラダンス、地元ミュージシャンの演奏。黒人ボーカルグループ。日本人のナオト・インティライミも出てきた。「世界一周で名前を上げて、武道館をいっぱいにしたらしいですよ」と井上君。私は初めて聞く名前だが、若い人はみな知っているようだ。最後はジェイク・シマブクロ。たっぷりと一時間、感動的な演奏だった。

二〇一一年十二月十一日(日)

いよいよ当日。0時半に目覚める。同行の井上君は、さすがに運転士(JR東海の社員で、新幹線を運転できる資格を持っている)らしく、目覚めでぼんやりはしていない。ランニングスタイルに着替えて、さあ出発。

スタート地点であるアラモアナ公園。井上君は顔が緊張している。今から走る42・1

95キロに思いをはせているのだろう。彼はキロ7分で走りたいと言っている。今回、せっかく一緒に参加してくれたので、必ず彼を完走させようと思っている。そうでないと申し訳が立たない。キロ7分で走れば、5時間を切れる。私は、せっかくハワイに来たのだから、色々な場所で写真を撮りたい、応援の人とも触れ合いたいと思っている。いわゆるファン・ランに徹して、楽しみながら、井上君のサポートができたらと思う。とにかく最初を抑えることだ。

ペースメーカーが紹介される。3時間半、4時間、4時間半、5時間……と続く。私たちは5時間のペースメーカーのところに行く。

スタート場所は、人の川。まったく身動きがとれないほどだ。欧米人も目立つが、これだけの日本人がマラソンのためにハワイに来ているというのは、一見、奇異に思うけど、すごいことだ。

決して金持ちが道楽で来ているわけではない。若い女性が多いが、毎月の収入の中から、ホノルル行きの貯金をして来ているのだ。自分へのご褒美ということだろう。老夫婦も多い。やはり、ここまで頑張ったご褒美なのか。単にワイキキで泳ぐより、特別な思い出に……そんな思いかもしれない。素晴らしいことだ。ホノルルマラソンは抽選ではないから、こうしたこともできるのだろうが、東京マラソンのように十倍近くの抽選倍率になったら、そういうこともできない。

スタートのピストルは聞こえなかったが、5時丁度に花火が上がった。人の川が一斉に流れ出す。ものすごい。花火が、ホノルルの朝の闇を華やかに彩り、歓声が上がる。

井上君がスタートを勢いよく飛び出そうとする。

「抑えて、抑えて。ゆっくり行こうじゃないか」

暗い街中にクリスマスのイルミネーション。未明のスタートは、涼しく、走りやすい。アラモアナ通りから、官庁街のキング通り、カピオラニ通りを走り、スタートしたアラモアナショッピングセンターの前を抜ける。

キロ表示もあるが、マイル表示が基本だ。どうもキロ8分台になっている。井上君は早くも顔が赤くなる。まだ6、7キロなのに、なんだか疲れている。これは困った。ワイキキビーチを望みながら、カラカウア通りを走る。まだ薄暗い。「キロ7分が目標だろう、頑張ろう」と話しかけるが、反応はにぶい。

ダイヤモンドヘッドへの上り、周りではもう歩いている人がたくさんいる。ホノルルマラソンはラップを気にせず、歩いてはまた走り、というのが常道のようだ。井上君はとにかく歩かないで走ることを目標にして、必死で足を動かしている。ダイヤモンドヘッドの辺りで、少し周りが明るくなった。8マイル（約13キロ）くらい。キロ7〜8分か。下ってキラウエア通りは、景色が素晴らしい。朝日に向かってみんなが走る。井上君は写真を撮る時だけ明るいが、すぐに厳しい顔に戻る。「大丈夫か」と声をかける。トイレに行きたいというので一緒にいく。単調なカラニアナオレ・ハイウエイ沿い。もうここで3時間以上、14マイル付近だ。沿道には多くの人が応援に駆け付け、歌あり踊りあり。エイドでは、スポーツドリンクと水、スポンジが配られる。地元の高校生がやっている。みんな歓声を上げるのが上手い。17、18マイルに来ると井上君はかなりぐったり。時折、ストレッチをさせたりして、走る。写真を撮るのも、休憩だ。

再び変化の少ないハイウエイ沿いを走る。左手に海が広がっている。カハラ通りの上りを走り、ダイヤモンドヘッドのところで30キロのプレートを持ち、また写真を撮る。もう少しだぞ、と井上君に声をかけながら、このままラストまで全力で走りたい気持ちになる。今ならまだ5時間を切ることも出来る。でも止めた。そのまま井上君のサポートに徹して走ることにする。

だんだんと沿道の人が多くなる。自分の家の前に水のカップなどが捨てられていても、怒る気配もない。毎年恒例のイベントを、みんなで楽しんでいる様子だ。

最後の上りに入った。井上君はかなりきつそうだ。またストレッチを試みる。少し休めば、この丘を登り切ることが出来る。腕を振れ、前後にしっかり振れ。ゆっくりと確かめるように上って行く。多くの人が歩いている。それでもいい、一歩を踏み出せばゴールに近づく。沿道からゴールを目指せとの声がかかる。

井上君の顔が赤らんでいる。このまま挫折してもおかしくない感じだ。マラソンは年齢よりも経験がものを言うが、それでも休み癖をつけないことだ。

井上君、とにかく足をだせ。走れ、走れ――。

カピオラニ公園に入った。残り1キロだ。直線に入ると、遠くにゴールが見えた。「FINISH」の文字が見える。沿道の応援の声がいよいよ大きくなる。ものすごい数の人たちが、一人一人のランナーを応援する。本当に励まされる。足が軽くなる。

町中の人が応援している。オレンジ、プレッツェルやチョコレートを配ってくれる。演奏や太鼓やダンスなどなど、ハワイのイベントとして完全に定着していると感心する。ホノルルは日本人のマラソン、と誤解していた自分が恥ずかしくなった。

「もう少しだ。頑張れ」と私。「はい」とだけ井上君。

かなり足に来ているようだ。足がつったっている。私は、前に出て、写真を撮るためにカメラを構える。その時だけ、笑顔でポーズだ。そうそう笑顔で走るんだ、笑顔で。

井上君は5時間33分で、ゴールインを果たした。


公式の大会結果報告によると、フルマラソン参加者は二万二千六百十五名。うち日本人は一万二千三百六十名。震災の影響で日本人参加者の減少が懸念されたが、昨年比一割減にとどまった。レースデーウォーク（10キロ）には二千六百四十二名が参加。そのうち日本人は千九百九十九名だった。

天候は、スタートの午前5時、曇り、気温二十三度、湿度79％、北東の風毎秒4メートル。午前10時、曇り、気温二十四度、湿度74％、北東の風毎秒8メートル。

フル男子はケニアの選手が、2時間14分55秒で二連覇。ビーチバレーの浅尾美和さんが、4時間10分7秒で初マラソンを完走した。

最後のゴールは十一歳の全盲の少女、豊田市出身の上田わかなちゃん。お母さんと一緒に感動のゴールインをする様子が地元テレビに放送された。

それにしても応援する人も入れると、いったい何人の日本人が来たのだろうか。ざっと二万人として、彼らの旅費だけで三十万円、滞在中に落とすお金が十万円とすると計四十万円、これだけで八十億円だ。

他の国の参加者も合わせて、ホノルルマラソンだけで百億円の経済効果があるだろう。一日だけのイベント、滞在を入れても長くて一週間ぐらいでこの効果は、ハワイにとって嬉しいことだ。

マラソンが各地で盛んになるのは、こうした地元への経済効果が大きいからだ。しかし、それだけを狙っても上手くいかない。ホノルルマラソンの良さは、ボランティアが一万人もいて、皆、とても楽しそうなこと、街をあげてのホスピタリティがあることだ。

ＪＡＬパックでどれくらいの人が参加しているのかは知らないが、参加者の60%が日本人だ。経営破綻後も、ＪＡＬはこの企画のメインスポンサーであり続けた。これだけのイベントのスポンサーから降りたら、逆に大きな問題になるだろう。

日本でも、全国各地でマラソン大会が町おこしの一環として行われているが、街全体が一つになって盛り上げる気運になることが大切だ。その意味では、レースの前後の盛り上げ方など、ホノルルマラソンは大いに参考になるに違いない。

走らせていただく側と、走っていただく側へ

一九七三年、アメリカの名ランナー、フランク・ショーターが日本での大会中、急に便意を催し、報道車に向かって「紙、紙」を連発したが、分かってもらえず、沿道の応援者の旗を引きちぎって、畑で用を足した。それからまた走り出して優勝したという逸話がある。しかし、それはフランク・ショーターだから許されることだ。

マラソンをしていて少し嫌な気持ちになるのは、男性が気軽に立ち小便することだ。レースでは、決められたところにトイレがある。そこで済ませずに自分の生理現象に負け、脇の茂みに入って立ち小便する姿というのは、実に情けない。女性は当然ながら、耐えている。男性も耐えねばならない。

42・195キロという長丁場を走る時は、どうしても生理現象に悩まされる。ある程度は仕方がないと許されることはあるとしても、ルール上は立ち小便は禁止だ。法律的

にも認められてはいない。

経験上、小さい方は、走っているうちにしたくなくなる。なんとかなってしまう。我慢しないでいると、癖になるものらしい。磯田さんは、癌で胃を切除しているせいもあるのか、レース中に三度も大きい方を処理した経験があるそうだ。もちろん、決められたトイレで処理した。主催者に迷惑だから、生理現象の処理は決められた場所でしたいものだ。

マラソンの大会は冬場に行われることが多い。とにかく寒いが、トイレは少ない。東京マラソンのような参加者の多い大会では、スタート前にトイレで1時間も並ばねばならない。中には、あの混雑の中で洩らしてしまい、足元から湯気が上がったという笑えない話もある。トイレを多くしてもらいたいというのは、レース参加者に共通の望みだ。

それと、レース中のゴミの処理も気になる。多くのランナーが、自分の飲み食いした後の入れ物を当然のように投げ捨てていく。テレビ中継では見慣れた光景だが、あれはトップレベルのレースをしているランナーだから許されることだ。栄養ゼリーのチューブ、紙コップ、ペットボトルなどは極力、給水場など主催スタッフがいるところ、ゴミ箱が設置してあるところに捨てたいものだ。

ゴミのポイ捨てもまた、法律的にも許されていない。沿道のあちこちに捨てられていたら、掃除が大変だ。レース後の主催者の苦労を思い浮かべようではないか。

東京で大人気の皇居ランでも、一部の心ないランナーの振る舞いによって規制がかけられた。我がもの顔で走る暴走族みたいな集団が、歩行者や他のランナーに危険を及ぼす事態が頻発しているという。

多くのランナーは、ちゃんと周りのペースに合わせて走っている。しかし彼らは、自分たちだけでスピードを競うという。あくまでトレーニングだとしても、そこのけそこのけお馬が通る、では観光名所が危なくて仕方がない。ランナーや歩行者で混み合う場所では、他者のペースに合わせるという心づかいが欲しい。

練習中、私たちは人数が多いので、道をふさぎそうになることがある。その時は、「自転車通ります」「ランナーです」と最後尾にいる人が声を上げ、追い抜いていく人に道を空けるようにしている。勿論、歩行者には気をつかう。脇を通り過ぎる時、すれ違う時はいつも挨拶をするようにしている。

練習中、立ち小便をしている人を見たことはない。練習コースを考える時に、公衆トイレの場所を確認しておくのは常識だ。磯田さんは、どこのトイレがきれい、汚ないまで把握している。それと、走る時はティッシュを持っておきたい。いつなんどきトイレに入って、紙がないと大騒ぎしないためにも。

走る時、ランナーは自分だけの世界に入っている。だから、マナーも自分流に作ってしまっていることはないだろうか。それだと、そのうち主催者や管理者が、マナーの悪いランナーを取り締まるためのルールを作ってしまう。

ルールに縛られた大会では哀しい。ランナーの側が、主催者や地元の人たちに感謝して走りたいものだ。ランナーは「走らせていただく」という気持ちが大切だと思う。

色々な大会に出てみると、地元の人々の応援は本当にありがたい。地元の学校のブラスバンドやチアガールなどが声援を送ってくれると、大いに気持ちが盛り上がる。

沿道では子どもがお母さんと一緒にチョコを配っていて、ありがとう、と言うと、頑張ってください、と返してくれる。これも嬉しい。

私たちは大会が終わると居酒屋で打ち上げをする。できるだけ地元にお金（たいしたことはないが）を落としたいと店を探すが、なかなか適当な店が見つからない。予算的には一人三、四千円ぐらいにしたい。例えば大会のパンフレットに、そうした打ち上げに適当な店を紹介してもらえるとありがたい。大会会場の出店で食べてもいいのだが、一人の時はまだしも数人で参加している時は、くつろいだ店で打ち上げをしたい。

都市型マラソンは、都市の活性化や観光客を目当てにしている。一方、地方では、町おこしの目的でマラソン大会を主催することが多い。

しかし、知る限り、ランナーはそれほど金持ちではない。

ゴルフは道具を揃えないと、スタートに立てない。野球はグラブとボール、バット、ユニフォームとチームが要る。剣道や柔道も、竹刀や道着、何より月謝がかかる。しかしマラソンは、とっかかりのハードルが低い（数千円の靴があればいい）から、それほど所得のない若者でもすぐに始められる。

アフリカの選手がマラソンに強いのは、高地で暮らし、生活上も走ることが多いだけでなく、費用の面で、競技に参入するハードルが低いからだ。

産業の連鎖みたいなもので、かつて繊維産業がイギリスから日本、やがて中国やベトナムなどに移って行ったように、参入障壁の低いものは、必ず資本の蓄積がない新興国へと移って行く。日本の男子マラソンが衰退するのも、そうした経済社会の原理に沿っているのではないだろうか。

そういう観点からも、ランナーはさほどお金持ちではないと思う。もしどこかの研究機関が、スポーツをする人の年収、あるいは親の年収を調査したら、下位の部類にあるだろうと推察する。

スポーツ用品売り場では、色々なランナーグッズが並んでいる。メーカーがとりわけ女性ランナーの購買意欲を刺激しているのだ。どうせなら美しく走りたい、という女性ランナーが、時には無理をして買っているのだろう。

話が逸れたが、何が言いたいかと言うと、町おこしや都市の活性化を考える際、少しでも多くのランナーに地元に金を落としてもらいたい、そのための工夫が必要だということだ。

今や日本中、どの都道府県でもマラソン大会がある。その中からレースを選択して参加するのは選手の側だ。いくつもある大会から、なぜそこを選んだのか、近いから、その土地が好きだから、など理由は様々だろう。それらをきちんと分析して、他の町より魅力的な大会にしないと、埋没してしまう可能性がある。

マラソンを通じて、地元への定住者を増やす、という発想があってもいいだろう。彼らはその地方に何らかの魅力を感じて、わざわざ遠くから走りに来ているのだから、一時的に金を落とすだけでなく、その中の一人でも二人でも、その土地に定住してくれる人が増えるように考えたらよいと思う。いつも主催者側がイベントを考えるのではなく、参加者も巻き込んだ企画を考えると、もっといいものが出来るはずだ。

大会に参加すると、だいたいTシャツをもらえるのだが、何度も参加していると、タンスに入り切らなくなってくる。つくばマラソンはエコバッグ、ランニング手袋など、後で使えるものを配っていた。タートルマラソンは襟つきのポロシャツで、普段着として着ることができるシンプルなデザインだった。横田基地内を走るフロストバイトはアメリカンなトレーナーだ。このトレーナー目当てのランナーも多いらしい。

ホノルルマラソンでは、完走Tシャツ（あまりにも派手で、日本では着る勇気がない）を着て町を歩くと、congratulations（おめでとう！）と言ってくれる。あれで土産や飲食の割引があればなおいいのだが。

完走Tシャツなり完走メダルをつけて、それを見せると、おめでとう！と言ってくれる上に、大会当日から三日間ほど開催地の店や居酒屋で割引があったりすると、もっと活性化につながるかもしれない。

いずれにしても参加者が多い大会では、数万もの人々がわざわざその町に足を運び、その土地を走り、空気を吸っていくわけだ。それをどう有効に生かすか、もっと知恵を絞るべきだと思う。「走っていただく」だけで、素通りさせてはいけない。

参加したことはないが、フランスワインの名産地ボルドーで行われるマラソン大会では、ワイナリーが秘蔵の高級ワインをちゃんとしたグラスで振舞うのだそうだ。参加者は、仮装して走るのがマナーになっているという。アルコールはあくまで自己責任、途中で酔いつぶれる人もいるだろうが、これも大らかで楽しい。

日本でも、酒蔵めぐり、果物の季節なら果樹園めぐりのマラソンがあったら楽しいだろう。あるいは最近盛んなB級グルメを沿道に出してくれたら、記録はどうでもいいから、それらを食べるためだけに私も参加したい。

今、時代はグローバル化している、と誰もが言う。どういうことかと言うと、もはや国家も資本も守ってくれない、だからそれぞれが「個」の形で競争しなくてはならない、ということだ。国や資本をあてにしたくても、彼らもそれどころではないからだ。いわば群雄割拠の時代、それがグローバル化であり、都市の間、町の間でも大競争しなければ生き残れない。だから大阪都構想が出てくるのだ。

こうなると、隣町との競争をしなければならない。魅力をうち出せない町は衰退するしかない。その点では、せっかくマラソン大会を主催しながら、町の魅力を充分に伝えられていないところが多いと感じる。マラソンさえすれば町が活性化する、と思いこむのは早計だろう。

ランニングブームが示す景気回復のヒント

スポーツ用品売り場では、ランニング関連のスペースがどんどん広くなっている。特に女性向けのものが多いようだ。女性誌「ＦＲａＵ」が「走る女は美しい」と謳ったように、色鮮やかなランニングウエア、カラフルなシューズ、大会はファッションショーかと思うほど華やかだ。

ランニングパンツに加えて、ランニングスカート。シューズも目的や目標に応じて多種多様。その他、手袋、ウインドブレーカー、帽子、時計などメーカー側の工夫はすごいものがある。私は利用しないが、ｉＰｏｄで音楽を聞きながら走る人が多いから、そのためのグッズもある。十分な初期投資をして格好から入れば、三日坊主で終わることがなくて良いかもしれない。

二〇一〇年のランニングウエアの市場規模は、前年比18・2％も伸び、約百二十八億円と見込まれるという（「東京新聞」二〇一一年二月二十六日付）。火付け役になった東京マラソンが始まる前、二〇〇六年は約五十九億円と言うから倍以上の伸びだ。ウエア以外にも、靴下やランナーズステーションの数の増加も同紙は伝えている。ランナーズステーションとは「ランステ」と言われ、ランナーのための着替えやシャワー設備が用意されている。

またランニング人口は、二〇一〇年に八百八十三万人になったと伝えられる（「毎日新聞」二〇一一年十月十七日付）。この数字も、二〇〇六年は六百五万人というから、実に四年で1・46倍にもなった。すごいことだ。

こうした状況に、スポーツ用品メーカーばかりではなく、靴下メーカー、下着メーカー、そして各地方自治体まで、何とかランナーの気を引こうと必死だ。商業主義の行き過ぎだと鼻白む人も多いだろう。しかし、私はこれでいいのだと思う。なぜなら日本が長期の景気低迷から脱するヒントがここにあるからだ。

日本がダメなのは、内需が一向に刺激されないからだ。デフレが長く続くのも、決してお金がないからではなく、金を出して買いたいものがないからだ。これでは国内経済が上向くはずがない。

消費者が、価格にもっとも敏感に反応するのは当然のことだ。だからすぐに価格競争になる。しかし価格競争になるものは、日用品や、他との代替がきくものが多い。いつも買うものであって、「どうしても買いたいもの」ではない。「どうしても買いたいもの」を消費者の前に揃えないのは、メーカーや小売業の怠慢だ。その工夫をしないで、デフレや少子化を言い訳にしていてはだめだ。

一方、今まで日本を支えてきた自動車や家電のメーカーは、とうに日本のことは考えていない。いくら法人税を優遇したところで、日本で雇用を増やしたりはしない。それは彼ら自身がグローバル化してしまい、日本のことだけを考えていたのでは、会社の存続自体が危うくなるからだ。これはグローバル企業の宿命だ。

彼らは、大量生産を基本的なビジネスモデルにしている。こうした企業の場合、最適な場所で生産し、最適な場所で売る、という原則がある。そうしないと利益は上がらず、投下した資本は回収されず、資本は目減りしてしまう。グローバル企業というのは、もはや政府や人間の意思では動いていない。資本というもの、すなわち金で動いている。何があっても資本を自己増殖的に増やすことが、生きる意味になっているのだ。

人間は何のために生きているのか、古今東西、その問いにはなかなか答えが出ない。

本当のことを言えば、生きるために生きている、としか言いようがない。何かの役に立つために生きているなら、役立つ人は長生きし、役に立たない人は早く死ぬはずだ。

グローバル企業もまた、何のために存続しているのかがよく分らない。彼らは社会のためと社会貢献を口にするが、そんなことはない。やはり苦しくなれば、資本そのものを守ることを優先する。

そのためにどういう動きをするかと言えば、まずコストの安い国で製品をつくろうとする。そして、それをお金を持っている国、高く買ってくれる国で販売して利益を稼ぐ。ところが、高く買ってくれていた先進国が、買ってくれなくなった。そこでどうするか。彼らの神である資本は、こう言うだろう。「だったら、製品を作っている、コストの安い国の従業員に買わせるがいい。彼らは車もテレビも持っていない。かつての先進国の連中と同じだろうから」

日本で大量生産をする工場を作るためには、日本の従業員の待遇が新興国並みにならなければ無理なのだ。だから派遣社員が増え、彼らを正社員にせよと政府から言われると、海外に出て行ってしまう。日本の労働コストが生産コストに見合うようになれば、工場は日本に戻ってくる。しかし今は無理だ。彼らを引きとめても無駄なのだ。

グローバル企業は、日本の従業員をクビにして工場も閉鎖し、中国やインドやベトナムに工場を作り、現地の人を雇い、彼らに給料を払う。そして彼らに言う。「君たちに給料を払うから、我が社の車に乗るんだよ。我が社のテレビを買うんだよ」と。

現地の人々は、以前よりも生活が豊かになったという気持ちになり、車に乗り、テレビを見る。給料の大半は、グローバル企業に吸い上げられていく。こうして資本はまた自己増殖して行く。このサイクルが至るところで繰り返され、それを繰り返そうというのがグローバル企業を支配している資本の意思なのだ。

グローバル企業の生きる道は、二つ。低コストの国でつくることとイノベーションだ。イノベーション、すなわち変革はマーケットの広がりをもたらす。

例えば一九九〇年代のソ連崩壊、中国、インド、ベトナムの資本主義化によって、一気にマーケットは拡大した。これらもイノベーションだ。今は、それらのマーケットからアフリカ、中東へと広がっている。二〇一一年、「中東の春」で独裁者が次々に倒れた時、グローバル企業を抱える国々は一斉に喜んだ。世の無常を嘆く国は一つとしてなく、中国でさえ、変革を歓迎したではないか。

なぜなら、それによって、行き詰まった世界経済をもう一度牽引する新しい市場が生まれる可能性が出てくるからだ。欧州の危機から脱却するためにすぐ近くの中東、アフリカにどでかい新マーケットを作りたいと願っているはずだ。

もう一つのイノベーションは、エネルギーだ。産業革命でも分かるように、石炭、石油、原子力と、エネルギーの変化の度にマーケットが生まれ、グローバル企業が成長して行く。

福島第一原発の事故によって、原発は未来への責任が持てないエネルギーだと証明された。そうであれば日本経済復興のためには、原発は完全に廃止すると宣言し、再生可能エネルギー国家にすると宣言した方が、よかったのかもしれない。原発は、既存のものをコントロールし、廃炉に向けての技術を確立するだけにするのだ。

その場合でも、メガソーラーは日本経済に何の役にも立たないだろう。太陽光パネルのようにどこでも作ることが出来るものは、先ほどの車やテレビと同じように、コストの安い国で作る方が勝つに決まっているからだ。それに、休耕田に太陽光パネルを敷き詰めたら、その土地は未来永劫、使えなくなってしまうではないか。

再生可能エネルギーでも、太陽光ばかりでなく地熱や太陽熱などいろいろと工夫をこらし、他国が真似できない、大量生産ができない方式でないと、日本経済には貢献しない。

マラソンとは関係ない話を縷々《るる》してしまったが、要するに、イノベーションを起さなければ市場は拡大しないということだ。アップルがｉＰｏｄで音楽を聞くことを提案し、レコード的なものの延長から音楽を解放したのは、大変なイノベーションだった。ものすごく大きな市場が出来た。

国内で消費行動を盛んにしようと思えば、イノベーションしかない。その一例が、マラソン市場だ。誰も東京マラソンをイノベーションとは考えないだろう。しかし、あれも立派なイノベーションなのだ。新たな市場を生み出したのだから。

ウエアや靴のメーカーは、コストの安い海外で作って、日本で売る。日本には、それを安く、ではなく、ちゃんとメーカーに利益のある価格で買う消費者がいる。彼らは他の物では満足しない。ワコールのウエア、ミズノのシューズが欲しいのだ。すると日本の中でシューズを売る人、ウエアを売る人の雇用が生まれる。それは、そこでとどまらないで拡大して行く。

現在の不況は、コストの安い国で作っても、日本人は車もテレビも買わないことが問題だ。そのうちもっと付加価値の高い商品の製造をしようと思って日本に工場を作るだろう。例えば、高級スーツは中国では作れなかった。そこでメーカーは北陸地方にある、高級スーツを作ることが出来る縫製工場を下請けに使うようになったという。日本の縫製技術は世界一だ。しかしコスト高で、仕事は中国に取られてしまった。それでもコストに見合う利益を得ることができる価格が守られるなら、日本に回帰してくる。

東京マラソンが火をつけたランニングブームは、日本の復活のヒントそのものだ。エネルギー構造の転換や、戦争や革命、偉大な発明という大きなイノベーションは必要ない、と言うより、そんなこと、そうは起きないのだ。

個々の企業が、そんな大それたことを期待しても仕方がない。しかし、多くの消費者がどうしても製品なり商品を買いたくなるようなイノベーションは、工夫すれば可能だ。東京マラソンのようなイベントが各地に起きている。これらを、新市場を作るイノベーションの視点で見直してみれば、違った対策が立てられるかもしれない。

もっと身近な事象で言えば、巷《ちまた》ではラーメンはつけ麺がブームである。これまで賄い《まかな》飯だったつけ麺が、池袋の有名店を皮切りに、次々に市場に出てきた。これもイノベーションだ。つけ麺であることで、夏でもラーメン屋に行きたくなる人が増えた。世界でも、スープと麺を別々に食する文化圏には、進出しやすくなっただろう。たくさんの客がつけ麺を求めることで雇用が生まれ、若い人の独立心も刺激されているようだ。

従来の延長線上の発想ではいけない。何かイノベーションを起こすように努めよう。東京マラソンは、その大きなヒントになるはずだ。

いったい、何を目指して走るのか

近くのスポーツクラブの会員の平均年齢が、五十五歳を超えたという。なぜこんなに平均年齢が高くなったかと言えば、勿論、高齢者が増えたことが理由だが、彼らは共通して、寝たきりになりたくない、近親者を介護することになった場合の体力をつけておきたい、という希望を持っていると聞いた。

若いインストラクター目当てにせっせとエアロビに通う老人もいるという。いやらしい、と女性目線で批判する人もいるが、それぐらいならかわいいと思って許してあげたらどうだろう。そのおかげで健康が保たれるなら、結構ではないか。

またある老婦人は、スポーツクラブのサウナの中で、「家では一人だから、ここに来ると安心。倒れても誰かいるから」と言ったそうだ。周りにいた人も彼女の意見に納得したそうだが、一人暮らしで誰にも気づかれず倒れたままになる、という恐怖が多くの人にあるのだろう。

スポーツクラブと言うと、比較的若い人の集まる場所だと思われているが、郊外型のクラブは高齢者が多い。その多くが会社という組織を離れ、新しい人間関係、新しいコミュニティを作りたいと望んでいるようだ。

これからの社会を考える時、高齢者向きのボランティアやNPOが重要になってくるだろう。欧米では、かなりの雇用をNPOが担っているし、日本でも徐々にそうなりつつある。年金支給年齢の引き上げが議論され、六十五歳までの雇用義務を企業に課そうという話があるが、そんなことをするよりNPOをもっと活用し、高齢者の社会経験を生かした方がいい。

例えば、高齢者の退職による技術伝承の途絶が企業で問題になるなら、彼らを六十五歳、七十歳まで雇用するより、新しいNPO団体を立ち上げ、その責任で技術伝承を図ったらいい。実際、多くの高齢者が、求められる場所に行きたいとアジアや新興国に自ら旅立っている。人間、誰しもいつまでも自分の居所を求めて、さまようものなのだ。

さて、高齢になってマラソンを始めた仲間がいる。彼は、六十歳を目前に走り始めた。きっかけは、東京マラソンのボランティアだった。ランナーたちに給水サービスをするうち、自分の中にも、走ってみたいという気持ちが芽生えた。次の東京マラソンを目標に練習を開始し、今や優に還暦を過ぎているのに、3時間半で走るまでになった。

いつまで走り続けられるかは分からない。百六歳まで生きたある医療品メーカーの会長は、七十代でマラソンを始め、九十七歳までフルマラソンを完走したという。確か、ニューヨークマラソンだったか、インド人のランナーは百歳を超えていたと思う。周りの人に助けられながら、生きている限りは走り続けよう、と思っているのだ。

なぜそんなに高齢になっても走るのだろうか。友人は、五十代の私に対してさえ、年寄りの冷や水と言って笑うが、九十歳や、百歳の人に何と言えばいいのか。

高齢者が、健康のため、新しいコミュニティを求めるためにスポーツクラブに通う。走ることにも同じ意味合いがある。健康のためであったり、新しい仲間を求めたり。

しかし、もう一歩進めて考えれば、精神性があるのではないか。走るという極めてシンプルな運動を通じて、自分を見つめたい、自分を確認したい、自分はもっとやれるという自信を得たい。そのために走っているように思える。

自分は42・195キロも走ることが出来るだろうか？　私は、今でもフルマラソンに出るときは、不安が先に立つ。完走できるだろうか、途中で倒れることはないだろうかと走りだし、走り終えるまで不安は消えない。残り5キロという表示を見て、ここでスパートをしたら途中で挫《くじ》けるのでは、と考えてしまう。そういう様々な思いを確認しながら走る。そして完走できたときの喜びがある。

高齢者になって組織から離れると、自分を確認する機会がない。自分はもっとやれると思っているのに、周りはそれを認めない。そこでマラソンを走ってみる。完走できた。周りが驚く。自分もまだまだやれるじゃないか、と思う。それで練習をする。さらに速くなる。器用にボールを扱ったり、バットやクラブを振ったりはできないが、足を動かすことならできる。次の大会で完走時間を短縮できると、ますます自分に自信がでてくる。さらに練習する。こんな繰り返しだ。

健康のため、というのは当然過ぎる理由だが、自分を確認し、他者からも認めてもらう喜びをマラソンほど手軽に得られるものはない。今のマラソンブームは女性が牽引役だが、そのうち高齢者が牽引することになるかもしれない。ショップのランニング用品売り場は女性物が多いが、高齢者用の物も増えてくるだろう。まだまだ女性や高齢者は会社や社会などで自分を確認したり、他者から認めてもらったりする機会が少ない。だからこそマラソンを牽引する資格がある。

メキシコ五輪の銀メダリスト、君原健二さんは、七十歳を過ぎた現在も、フルマラソンをサブフォーで走るという。六十回以上のレースで、一度も棄権したことがないそうだ。その君原さんが、インタビューでこんな話をしていた。

「私は人のレースをみて、たとえ遅くても最後まで一生懸命に走る姿が美しいと思ったんですね。ゴールした時は、もうこれ以上走れない、そういう走り方をするのがやっぱりいいランナーだと思う。だから1番になっても楽して走った時は満足できなかったし、最善を尽くした結果、ビリでも満足できたレースもあります。私はレースの結果より、そこにいたるプロセスを大事な評価基準にしてきました」(「朝日新聞」二〇一二年一月十六日付)

僭越ながら私も、マラソンはタイムも重要だが、そのプロセスが重んじられるべきだと思う。

サッカーや野球は、点数で相手を上回らねばならない。ゴルフもそうだ。自分との闘いと言われるが、スコアを競うスポーツだ。マラソンはそんなことはない。毎回、記録を更新できることはない。温度や土地で変わってくる。当然記録は大事だが、目的は完走することだ。

最後まで、自分のために走る。そして普段の練習が自分を裏切っていないことを確認するのだ。

ファンランに徹して、景色を見たり、地元の人と触れあったりするのも楽しいが、それだけにとどまっている人は少ないだろう。練習して少しでも速くなりたい、と思う人の方が多い。やっぱりタイムではないか、と言われそうだが、あくまで練習＝プロセスがマラソンの魅力だと私は思う。一度、その魅力にとりつかれたら、走らないではいられなくなる。

勿論、タイムはいいに越したことはない。しかし、練習しなければ、成長はない。タイム＝記録は、練習＝プロセスの結果に過ぎないのだ。

仲間とは週三回の練習だが、それ以外でも、時間があれば走っている。走ると、気持ちも頭もすっきりして、仕事がはかどるのはまちがいない。多くの都心勤めの人が、皇居の周りを昼休みに走るというのも同じ理由だろう。走ることで、脳内に分泌されるホルモンが気分を爽快にしてくれる。そのため、快適さを求めて走ることになる。言葉は悪いが、ある種の中毒症状なのかもしれない。

こうなると、オーバーワークにつながる。私のように大して運動をして来なかった者、年齢の高い者は、膝を痛めたり、足首を痛めたりする。

初心者病、というものがあるそうだ。マラソンを始めて最初の頃、強烈に足が痛くなることがある。膝の半月板などを損傷していれば問題だが、ほとんどがオーバーワークから来る筋肉疲労だ。何日か休むと自然と痛みは取れ、その後は以前より強くなった気がする。

こうした痛みは苦しく、辛い。それでも痛みを騙すように走ってしまうところがおかしい。練習をサボると、なんだか不快なエキスが身体に充満したような気になる。

タイムを狙う人には、それなりの練習方法があるだろう。

タイムを狙わない人でも、走らないと気分が悪くなる。

だからタイムかプロセスかと聞かれれば、プロセスを重視しつつ、結果としてタイムが良くなればいいということではないか。タイムはあくまでプロセスの結果なのだ。

中学校時代、野球部にいた私は、ただひたすら走っている陸上部の練習を見て、「よくあんな単調なことが出来るよな」と悪態をついたものだった。高いお金を出してホノルルまでマラソンをしに行く神経が分からない、もっと他に楽しみがあるだろうに、わざわざ苦しいことをしなくても、と言うのと同じだ。

実際、マラソン大会では、必ず倒れる人、足を引きずる人が出る。痙攣《けいれん》したまま救急車で運ばれる人などを見ると、なぜそこまでして――と、走らない人は思うだろう。確かに、フルマラソンはキツイ。死ぬ思いがする。楽しんで走るにしても、4、5時間以上延々と身体を動かし続ける。

そんなの馬鹿じゃないの、と思われるかもしれない。

マラソンは、人間の足だけ、人間の身体だけで行うものだ。靴は履くが、裸足でもルール違反ではない。かつて人間は原野を走り、狩りをしていた。その時代に立ち返るほど、原始的で非効率的なスポーツだ。

おそらく走ることとは、人間の基本なのだ。DNAに組み込まれているのかもしれない。太古の昔、人間は走らなければ獲物がとれなかった。走らなければ恐しい捕食者から逃げることができなかった。生き延びるためには、走らねばならない。グレイト・ジャーニーを生き残れない。

では、その効果は何だろうか。効率よく、何かを得られるというものではない。しかし、そもそもスポーツは何かのためにするものではないだろう。そこに野球やゴルフやサッカーというスポーツがあったから、出合ってしまったからやるものだ。

やってみて面白いと思えば、やり続ける。基本的に、ただそれだけだと思う。それが結果として金儲けにつながったり、国威発揚になったりする。最初から何かのためという目的なり、効果を得ようと思って始める人はいない。

何時間も走るヒマがあるなら、何か役に立ちそうなことをしたらいいのに、そう考えるのは自然なことだ。ところが走っている人は、その間、ものすごく色々なことを考えている。それも深く。

野球なら、相手をどう攻略するかを必死で考える。サッカーなら、どうやって相手をすり抜けシュートを蹴るかを考えているだろう。ゴルフなら、風を読み、ピンまでどうやってボールを運ぶかを考える。けれどもマラソンで、他人との駆け引きなど考えているのは限られたトップランナーだけだ。私たちのような大勢のアマチュアは、自分との駆け引き、つまり自分と対話して4時間も5時間も過ごすのだ。

ものすごく哲学的だと思わないか。日常生活の中で、自分とだけ向き合う時間がいったい何時間あるだろうか。ほとんど無いに違いない。マラソンをしている間は、いやでも自分に向き合わざるを得ない。自分しかいないのだから、仕方がない。

マラソンは孤独に、一人で走るだけだ。友人のランナーが言った。

「マラソンは、唯一、過去の自分だけがライバルだ」

これは名セリフだ。他の誰かと競うのではない。過去の自分と戦っているのだ。タイムが良ければ、過去の自分を克服できたことになる。もし悪くても、完走することで一皮むけた気がするのだ。一つ殻を破ったような爽快感がある。彼は普通のアマチュアランナーだが、本当に良いことを言う。箴言《しんげん》だ。

自己満足と笑わば笑え。良い記録だろうと悪い記録だろうと、自分が頑張った結果なら、自分と戦って勝った気持ちになれるはずだ。

何時間もの自分との対話。マラソンは坐禅に似ていると言ったのは、そういう意味もある。日本人がマラソンに愛着を示すのは、そうした精神性があるからだろう。

走っている間、これまでの人生を振り返ったりする。仕事のストレスをどう克服したらいいのか、そんな思いもよぎる。とても越えられそうにない坂を目の前にすると、あれを越えなければ人生の脱落者だ、と考えたりする。

やがて疲れがピークに達すると、今度は何も考えられなくなる。とにかく足を動かせ、ゴールは近い、と言い聞かせる。無心に近い状態になる。そしてゴールした時の、何とも言えない解放感……。何かと比較して相対的に良い悪いを論じることはできないが、絶対的に精神性を高める効果がある。走ってみると、すぐに実感できることだ。

では私自身は、いったい何を目指しているのだろう。

二度目のつくばマラソンでサブフォーを達成した時は、すごく嬉しかった。みんなからも祝福してもらった。次は3時間40分台を目指す、と公言した。そして実際に、二〇一二年の東京マラソンで達成した。「どこまで自分を追い込むことが出来るか」とは公務員ランナーの川内優輝選手のセリフだが、そんな気持ちになる。

多くのランナーは、速く走りたいと思っている。そのために練習で自分を追い込んでいく。ややマゾヒスティックだが、ここまでやれるんだ、と自分を確認したい欲望がある。それは他人には分からない、自己満足に過ぎないかもしれない。

オリンピックを目指しているわけでもない。目指したところでかなうはずもない。何か栄誉を求めているわけでもなければ、会社での評価につながるわけでもない。勿論、作家として小説が上手く書けるわけでもない。ある意味、何もない。

では健康のために良いかと言えば、マラソン大会の後は、膝が痛いの、足が痛いのと、その苛酷さばかりが残る。妻からは、無理に走ると膝をやられて歩けなくなる人もいる、と冷たい目で見られている。マラソンにはまると、適度の運動というより、日常生活では経験することのないほど過酷な運動へと変わって行く可能性が高い。

でも走る。いったい、なぜなのか？　辛い練習に耐えた後、レースに出て力を出し切った後の解放感が味わいたいだけなのか。フルマラソンを完走した者だけに与えられる、β《ベータ》エンドルフィン全開の恍惚感。脳内麻薬とも呼ばれるが、あの快感、爽快感をもう一度手にしたくて走るのか。そうとしか説明のしようがない気もする。

レースのタイムが悪くても、泣くほどの悔しさはない。しかし、いろいろな日常の問題を抱えている時に完走すると、涙が出てくる。

俺、まだやれる。

そんな気持ちになる。ある人は会社の上司に「君はマラソンでしか達成感、充実感を得られないのか。仕事ではどうして得られないのだ」と詰め寄られたそうだ。

仕事でも達成感は得られる。私だって原稿を書き終えた時、連載をやり遂げた時、達成感はある。しかしそれと、マラソンの達成感は別物なのだ。小説作品は、他人の評価で感じ方も違ってくる。評価されないと、虚しくなることもある。自分ではいいものが出来たと思っていても、売れなかったり、読者からの心ないひと言で、気持ちは萎《な》え、意欲はしぼんでしまう。マラソンで得られるものは無償の、自分では何も求めない、自分自身の中から湧いて来る達成感なのだ。

練習してレースに出れば、どんな結果だろうが、不思議と達成感がある。甘い、と言われるかもしれないが、よく4時間も5時間も頑張って走り続けたね、ということだ。

それはまるで、遭難して、命のことだけを考え、ようやく岸にたどり着いたときのような、何とも言えない心持ちなのだ。

やったぞ!!

まだ、生きている。

俺、まだ頑張れる。

江上剛　1954（昭和29）年兵庫県生まれ。早稲田大学政治経済学部卒。旧第一勧業銀行勤務を経て、作家。『非情銀行』など著書多数。

Ⓢ新潮新書

468

55歳《ごじゅうごさい》からのフルマラソン

著者　江上剛《えがみごう》

2012年5月20日　発行

発行者　佐藤隆信

発行所　株式会社新潮社

〒162-8711　東京都新宿区矢来町71番地
編集部(03)3266-5430　読者係(03)3266-5111
http://www.shinchosha.co.jp

印刷所　大日本印刷株式会社
製本所　加藤製本株式会社

ISBN978-4-10-610468-8　C0275

Ⓢ新潮新書

441
リーダーシップ
胆力と大局観
山内昌之

強いリーダーシップの不在が叫ばれて久しい。吉田松陰、リンカーンなど古今東西の歴史に刻まれた記憶から、いまリーダーに求められる覚悟を説く、歴史家からの警世。

442
いけばな
知性で愛でる日本の美
笹岡隆甫

「女性の稽古事」「センスの世界」だなんて大間違い。いけばなの美を読み解けば、日本が見えてくる。身近なあれこれの謎も一気に解消する、家元直伝の伝統文化入門！

443
原発賠償の行方
井上薫

なぜ東電は潰されなかったのか？「浜岡原発停止要請」は合法か？外国からの賠償請求はどうなる？　建国以来最大の法律問題の論点を法律家の目で整理、検討した独自の論考。

444
一流選手の親はどこが違うのか
杉山芙沙子

石川遼、宮里藍、錦織圭——。プレーだけでなく人間性の素晴らしさでも人々を魅了する彼らはどうやって育てられたのか。杉山愛の母親が探った「人間力育成」の極意。

445
社畜のススメ
藤本篤志

「社畜」は哀れで情けない……。そんな「常識」はウソだった！　綺麗事ばかりの自己啓発書をうのみにしていれば人生を棒にふる。批判覚悟で説く現代サラリーマンの正しい戦略とは。

Ⓢ新潮新書

446
問題発言
今村守之

気まぐれ？　嘘？　それともホンネ？　皇族、政治家、財界人、芸能人に、ささやき女将やあの黒いタレントなどから放たれた、思わず笑える暴言や迷言。戦後「舌禍」事件を一挙収録！

447
江戸歌舞伎役者の〈食乱〉日記
赤坂治績

幕末の名優・三代中村仲蔵の自伝『手前味噌』には、旅興行で巡った諸国の珍品、名物の記録が数多く遺されている。江戸時代の食文化の豊かさが実感できる美味しい一冊。

448
「お手本の国」のウソ
田口理穂ほか

「フィンランドは世界一の教育大国」「フランスは少子化問題を乗り越えた」……日本人が理想視する「お手本の国」には、知られざる別の顔があった。〝隣の芝生〟の本当の色とは。

449
テレビ局削減論
石光勝

時間を水増しした特番、タレントが空騒ぎするバラエティ、ひたすら増殖を続ける通販番組……この状況を変えるには民放の削減しかない！元民放キー局役員が放つ渾身のメディア論。

450
反・幸福論
佐伯啓思

「人はみな幸せになるべき」なんて大ウソ！豊かさと便利さを追求した果てに、不幸の底に堕ちた日本人。稀代の思想家が柔らかな筆致で「この国の偽善」を暴き、禍福の真理を説く。

Ⓢ新潮新書

451
世代論のワナ
山本直人

「バブル世代はヌルい」「ゆとり世代はバカ」「勝ち逃げ世代はズルい」……メディアが煽ったステレオタイプの怪しさをあぶり出し、不毛な対立をいま解消するための強力な解毒剤。

452
「常識」としての保守主義
櫻田淳

右翼やタカ派とどこが違うのか？　左翼の言説はなぜ粗雑なのか？　保守主義の本質を理解すると、現在の政治が混迷している理由が見えてくる。政治評論の新たな金字塔、誕生！

453
尼さんはつらいよ
勝本華蓮

尼さんが、「清く、正しく、美しく」なんて大昔の話。絶滅の危機に瀕している尼寺、残念な修行生活、出家する女性のタイプなど、現役の尼僧がその素顔に迫る。本邦初の現代尼僧論！

454
死ぬことを学ぶ
福田和也

死者に直接話を聞くことはできない。だけど、学ぶことはできる。大往生、殉死、暗殺、自殺……先人たちの死の様相を眺め、味わい、思いを致す。福田流「死に方読本」。

455
明治めちゃくちゃ物語
勝海舟の腹芸
野口武彦

デタラメな新政府、死に損ないの旧幕府……「政権交代」は150年前も大混乱だった！　最終決戦・戊辰戦争を軸に描く、教科書には載っていない明治維新の真実とは。

Ⓢ新潮新書

456
ひとりで死んでも孤独じゃない
「自立死」先進国アメリカ
矢部武

独居老人と社会のつながりを確保するためのさまざまな取り組みを紹介し、ひとりで死んでいく「自立死」を選ぶアメリカ人の姿から、日本の高齢者支援のあり方を考える。

457
「反原発」の不都合な真実
藤沢数希

原発廃絶が「正義」となった今、あらためて全電力のリスクと将来性を比較すると、意外にもこんな結論になる！　日本の命運を左右するエネルギー問題について冷静に論じた一冊。

458
人間の基本
曽野綾子

ルールより常識を、附和雷同は道を閉ざす、運に向き合う訓練を……常時にも、非常時にも生き抜くために、確かな人生哲学と豊かな見聞をもとに語りつくす全八章。

459
仁義なき日本沈没
東宝vs.東映の戦後サバイバル
春日太一

一九七三年、東映『仁義なき戦い』と東宝『日本沈没』の大ヒットによって、日本映画の〝戦後〟は葬られ、新時代の幕が開いた――。日本映画の興亡に躍った、映画人の熱いドラマ！

460
恐怖の環境テロリスト
佐々木正明

エコのためなら人でも殺す。捕鯨船に体当たり、イルカ漁師に暴言連発、製薬会社に放火攻撃――。カルト的思想と巨額のカネで武装して日本を狙う、黒い活動家の正体とは。

新潮新書

461 震災復興 欺瞞の構図 原田泰

大震災を口実にした大増税で、いま役所は「祭り」状態！　シャッター商店街を復活させるような無駄使いに警鐘を鳴らし、安上がりで被災者を直接、助ける復興策を提示する。

462 傷ついた日本人へ ダライ・ラマ14世

困難や逆境を克服するにはどうすべきか？　豊かになっても幸福を感じないのはなぜか？　霊山・高野山や東北の被災地で震災後の日本人に語りかけたこととは。

463 背負い続ける力 山下泰裕

ロシアのプーチン大統領との交流、中国柔道界へのあえての協力、途上国での柔道指導……。世界を飛び回る中で感じた「この国への思い」を〝史上最強の柔道家〟が記す。

464 恐山 死者のいる場所 南直哉

イタコの前で号泣する母、息子の死を問い続ける父……。死者に会うため、人は霊場を訪れる。たとえ肉体は滅んでも、彼らはそこに在る。「恐山の禅僧」が問う、弔いの意義。

465 陰謀史観 秦郁彦

歴史を歪める「からくり」とは？　世界大戦、東京裁判等あらゆる場面で顔を出す「陰謀論」と、コミンテルンやフリーメーソン等「秘密組織」を、第一人者が徹底検証した渾身の論考。

新潮新書

466 雑巾がけ 小沢一郎という試練 石川知裕

史上最恐の上司、小沢一郎の下で働き始めた著者を待っていたのは、過酷で理不尽な書生生活だった。約十年間の経験をもとに修行生活の意味と独自の「仕える技術」を綴る。

467 報道の脳死 烏賀陽弘道

パクリ記事、問題意識の欠如、専門記者の不在……陳腐で役立たずな報道の背景にあるのは、長年放置されてきた構造的で致命的な欠陥だ。豊富な実例をもとに病巣を抉る。

350 アホの壁 筒井康隆

人に良識を忘れさせ、いとも簡単に「アホの壁」を乗り越えさせるものは、いったい何なのか。日常から戦争まで、豊富なエピソードと心理学、文学、歴史が織りなす未曾有の人間論。

390 国家の命運 藪中三十二

衰退か、再生か——戦後最大の経済交渉となった日米構造協議の内実から、台頭する中国や独裁国家北朝鮮との交渉、先進国サミットの裏側まで——「ミスター外交」による回顧と直言。

287 人間の覚悟 五木寛之

ついに覚悟をきめる時が来たようだ。下りゆく時代の先にある地獄を、躊躇することなく、「明きらかに究め」ること。希望でも、絶望でもなく、人間存在の根底を見つめる全七章。

Ⓢ新潮新書

405
やめないよ
三浦知良
40歳を超えて、若手選手とは親子ほどの年齢差になっても、まだサッカーをやめる気なんてさらさらない——。そんな「キング・カズ」がみずから刻んだ思考と実践の記録。

423
生物学的文明論
本川達雄
生態系、技術、環境、エネルギー、時間……生物学的寿命をはるかに超えて生きる人間は、何を間違えているのか。生物の本質から説き起こす、目からウロコの現代批評。

426
新・堕落論
我欲と天罰
石原慎太郎
未曾有の震災とそれに続く原発事故への不安——国難の超克は、この国が「平和の毒」と「我欲」から脱することができるかどうかにかかっている。深い人間洞察を湛えた痛烈なる「遺書」。

434
暴力団
溝口敦
なぜ撲滅できないか？　年収、学歴、出世の条件は？　覚醒剤はなぜ儲かる？　ヒモは才能か？　警察との癒着は？　出会った時の対処法とは？　第一人者による「現代極道の基礎知識」。

436
日本人の美風
出久根達郎
篤志、陰徳、勤倹力行、義理、諧謔、思いやり……この国には、不朽の礎がある。日本人ならではの美点を体現した人びとの凄みを、歴史の襞の中から見つけ出す秘話七篇。